復讐の騎士はいとしい妻にひざまずく

ナツ

この物語はフィクションであり、実在の人物・
団体・事件等とは、いっさい関係ありません。

復讐の騎士はいとしい妻にひざまずく

Royal Kiss more

プロローグ

黒いコートを纏った長身の男が、白百合の花束を片手に提げ、広大な墓地を黙々と歩んでいく。

男は、一番北の隅に建てられている慰霊碑の前で足を止めた。

通常ならば墓碑に刻まれているはずの犠牲者の名は、どこにもない。

墓地の中でも一際目立つ大きな御影石にさえ載せきれないほどの人が、死んだからだ。

身元が判明した者も、損傷の激しさゆえに判明しなかった者も、あの日貧民街で焼死した者は皆等しく、この慰霊碑の下に埋葬された。

男の家族も、ここに眠っている。

雀の涙ほどの給金を得る為、毎日遅くまで波止場で荷下ろしの仕事をしていた父は、あの日たまたま風邪を引き、隙間だらけの粗末な家で寝込んでいたらしい。

風邪さえ引かなければ、父だけでも生き残ってくれたはずだ。

そんな考えても仕方のない『もしも』を思い浮かべた回数は数えきれない。

母と妹の遺体は、父が寝ていたベッドのすぐ傍で見つかった。

年々細くなっていく父を案じていた二人のことだ。ただの風邪だと分かっても、付きっ切りで看病していたに違いない。

弟の遺体を見つけたのは、家から離れた井戸端だった。水汲みに出かけた先で炎に襲われたのだろう。熱さから逃れようとしたのか、井戸の中に上半身を突っ込んだまま事切れていた小さな身体は、男の網膜に焼きついている。

十年近く前のことなのに、まるで昨日のことのようだ。

男の周囲には、大勢の人がいた。家族や友人を探しにやってきた者たちは、皆半狂乱になっていた。

泣き叫ぶ彼らを、事後処理の為に派遣された兵士が押しのけていく。

兵士らは口元を布で覆い、集めた遺体を荷車に載せ始めた。

男の腕から弟を奪い去ったのも、そんな兵士の一人だ。

『すげえ数だな、おい』

『黙って集めろ。まとめて墓地へ運ぶらしい』

あちこちで飛び交っていた声は徐々に遠のいてゆき、やがて耳には何一つ入ってこなくなった。

空恐ろしいほど静まり返った世界で、ガラクタのように運ばれていく家族を呆然と見送った
あの日、男の時間は止まった。

全ての決着をつけるまで、再び時間が動き始めることはない。

「あと、もう少しだ」

低く呟き、片膝をついて花束を墓碑に供える。

【我が愛しき民よ、安らかに眠れ】

墓碑には、国王エドマンドの名と共にそんな台詞が刻まれている。

瀟洒な飾り文字で彫られた追悼文に、男は冷えた右手を押し当てた。

――愛しき民、だと？　本当にそう思っていたのなら、なぜ殺した。

――死んだところで痛くも痒くもない下賤の民だと、そう思っていたのだろう？

――これで汚いスラムも、憎き異民族と共に一掃できる。お前はそう思ったからこそ、火を
放つよう命じたのだろう？

きつく握り込んだ拳に筋が浮く。

「……必ず報いは受けさせる。待っていてくれ」

男は墓碑に囁くように語りかけ、その場を静かに離れた。

一章　それはまるで夢のような

華やかなワルツの調べが、眩いシャンデリアに照らされた大広間いっぱいに広がる。

この場にいる者の視線を一身に集めているのは、ホールの中心で優雅なステップを踏んでいるアンジェリカ・ヘイウッド――フェアフィクス王国の宰相を務めるヘイウッド公爵の一人娘だ。

去年デビューしたばかりのアンジェリカだが、まだ十九歳だとはとても思えない艶やかさに、多くの青年が熱を帯びた視線を送っている。

社交界の女王と呼ぶにふさわしい彼女が出席したとあり、今夜の舞踏会は盛大な盛り上がりを見せていた。

ダンスに参加しない者たちは豪勢な食事を堪能したり、グラスを片手に談笑したりと思い思いに楽しい時間を過ごしている。

モニカ・シェルヴィは、そんな煌めいた社交の一幕を少し離れたところから眺めていた。

両親をとうに亡くした元子爵令嬢で、美しいアンジェリカに仕える二十四歳の侍女――周囲を魅了する要素はまるでないモニカに、声をかける者は誰もいない。

壁の花、とはよく言ったものだ。

誰にもダンスに誘われない女でも、きちんと化粧をし、それなりのドレスを纏っていれば「花」に見えないこともない。

（とはいえ、そろそろ壁を飾る仕事にも飽きてきたわね……）

モニカは誰にも気づかれないよう、こっそり嘆息した。

下手に着飾っているせいで、こうして立っていることしかできない。

『未婚令嬢はパーティーにおいて小食であるべき』という社交界のマナーのせいで、食事に専念することもできないのだから不便なものだ。

こんなことなら、いつものシンプルなドレス姿でアンジェリカの世話を焼いている方がよほどいい。

子爵令嬢だった頃ならまだしも、今のモニカには分不相応な装いだというのに、ヘイウッド公爵夫人であるメラニーは頑として引かなかった。

夫人は、モニカがアンジェリカと共にどこかへ出かける度、実の娘と同じだけの手間と費用をかけてモニカを着飾らせる。

『――亡きシェルヴィ子爵に申し訳の立たない真似はできないわ。素敵な出会いがあるかもしれないんですもの、うんとおめかしして行かなくちゃ』

メラニーは、正装したモニカを見て『とても綺麗よ』『その色、すごく似合ってるわ』と瞳を輝かせるのが常だった。

今夜もそうだ。

モニカの隣に並んだアンジェリカの目も眩まんばかりの立ち姿を視界に入れても、双方を心から平等に褒めたたえることができるのだから、感心せずにはいられない。

人として尊敬できるだけでなく、メラニーとヘイウッド公爵はモニカの恩人でもあった。

両親を亡くしたあと、居場所をなくして途方に暮れていたモニカに手を差し伸べてくれた公爵夫妻には一生の恩がある。

モニカの両親が亡くなったのは、今から八年前。十六歳の冬だった。

両親は『ラースネルの悲劇』に巻き込まれ、帰らぬ人となった。

当時の騒動の詳細は、明らかにされていない。

きっかけは、王都で起きたラースネル人による大規模なデモだった。

ラースネルは元々、フェアフィクス王国の東隣に位置する小さな国家だ。

だが数百年ほど前に起こった戦争に大敗し、人口の半数を失った上、フェアフィクス王国に統合された。敗戦以降、彼らはこの国で『準フェアフィクス人』という扱いを受けている。

——それはつまり、フェアフィクス人ではない、ということ。

ラースネル人たちは、生まれてすぐ手の甲にタトゥーを入れる文化を持っていた。お守り的な意味を持つそれを逆手にとったのが、当時のフェアフィクス国王だ。

国王はタトゥーを義務化し、本来は子どもの明るい未来を祈る美しい文様を『準フェアフィクス人』の証へと変えた。

ラースネル人は寒い冬の季節でも、手袋をしない。タトゥーを隠しているとみなされた時点で、幼子ですら親から引き離され、牢に叩き込まれるからだ。

数百年にわたって、ラースネル人は蔑まれ、差別を受け続けてきた。しかも、フェアフィクス人との結婚は固く禁じられている為、混血によってこの国に溶け込むこともできなかった。

あれから時代は進み、生まれによって人を差別するのは良くないことだ、という考えは世界的に広まっている。

フェアフィクス王国でも、ラースネル人への不当な扱いを撤廃しようという動きはあったのだが、国粋主義を掲げるエドマンドが王位についてからは、ラースネル人に対する締めつけは更に厳しくなった。

我慢の限界を迎えた彼らは密かに集会を重ね、大規模なデモを起こすに至ったのだろう。

エドマンド王はただちに国王軍を動かし、容赦のない制圧を行った。

追い立てられるように貧民街へ逃げ込んだラースネル人たちは、その一画に住む貧しいフェアフィクス人と共に炎に呑まれたそうだ。火を放つよう指示したのは国王だという噂もあるが、実際のところは分からない。

不運にも外出先でデモに遭遇したモニカの母は、家族とはぐれて泣き叫ぶラースネルの幼い少女に手を差し伸べ、逃げ惑う人々に踏み殺された。

そして、そんな母を庇おうとした父も、襤褸《ぼろ》切れ同然の姿で発見されたらしい。

全ての経緯を、モニカは叔父から聞かされた。

その日、モニカは屋敷でのんびり読書をしていた。

ロマンティックな戯曲の元になった物語を読み耽っている間、最愛の両親は結婚記念日に贈り合うプレゼントを探しに行き、そして無残に死んだ。

知らせを聞いた時は、悪い冗談だと思った。もしくは、なかなか覚めない悪夢を見ているのだと。

どちらにしろ、とても現実のものだとは思えなかった。

二人の姿を見ていないせいも、過分にあっただろう。

両親の遺体が収められた棺は固く閉じられ、中を見ることは許されなかった。

お願いだから直接さよならを言わせて、と泣いて棺に縋るモニカを、叔父は恐ろしいほどの力で引き剥がし『見ない方がいい』と掠れた声で繰り返した。

叔父もまた咽び泣いていた。

いい年をした大人の男が泣いているのを見たのは、あれが初めてだ。

　双眸からとめどなく滴る彼の涙を見て、全身から力が抜けた。

（……そうか。これは『仕方のない』ことなんだ）

　しん、と静まり返った心をどこか遠くから眺めながら、地中に埋められる棺を呆然と見送ったあの日、モニカの一部は両親と共に埋葬されたのかもしれない。

　両親の死によって子爵令嬢という肩書を失ったモニカは、誰かの情けに縋らなければ生きていけない中途半端な身の上となった。

　将来についての明るい希望が消えたのと同時に、何につけても諦めが早くなった。

　今思えば、自己防衛の一種だったのだろう。

　初めから期待しなければ、傷つくこともない。

　葬儀のあと、生まれ育った屋敷を出ることになったのは、モニカのせいだ。

　新たなシェルヴィ子爵となった叔父も彼の妻も、一人残された娘をぞんざいに扱うような人間ではなかった。

　モニカが叔父との決別を選んだ理由は、彼が両親の死因を、単なる馬車の事故として処理したから。

『ラースネル人を助けようとして亡くなったというのは外聞が悪い』というのが、叔父の言い分だった。

　国王の不興を避けたい気持ちは分からないでもない。

だが、モニカはどうしても許せなかった。

母は助けようとした幼い少女に、モニカを重ねたのかもしれない。少女がフェアフィクス人であったなら美談になったのだろうと思うと、余計にやるせなさが募る。

人命の価値をその生まれによって分けなかった母は、モニカの誇りだ。

そして、妻と少女を勇敢に守ろうとした父も。

その誇りをまっすぐ胸に持ち続ける為にも、叔父の世話になることはできなかった。

家を出る為に職を探し始めたモニカに手を差し伸べたのが、父の旧友だというヘイウッド公爵だ。

公爵夫妻には、真っ先に両親の本当の死因を打ち明けた。

彼らの顔に失望や軽蔑の色が見えたなら、すぐに立ち去ろうと心に決めて。

だが公爵夫妻は、全てを知った上で両親を心から悼んでくれた。

当時十一歳だったアンジェリカは、何も言わず、ただ手をぎゅっと握ってくれた。

すっかり高慢な振る舞いが板についた彼女にも、可愛い時期はあったのだ。

小さな手の温もりがくれた励ましは、今も心の奥に大切にしまってある。

モニカとしては、このままずっとヘイウッド公爵家で働き、忠実な使用人として生涯を終えたい。

メラニーに直接希望を告げたこともあるのだが、彼女はそれを『遠慮』だと捉えた。

——『寂しいことを言わないで。色んな人と交流を重ねたあとで、やはり未婚のままでいたいというのなら構わない。でもあなたはまだ若くて、仕事以外の何も経験してないわ』

悲しそうに瞳を潤ませ、モニカの頬をそっと撫でた夫人の優しさに、それ以上言うのは気が引けた。

だからといって、急に結婚に乗り気になることもできない。

今夜こそモニカにふさわしい相手を見つけようと張り切るメラニーからさりげなく離れ、大広間で一番目立たない場所にひっそりと佇んでいるのが現状だ。

夫探しに積極的になれない理由は、他にもある。

自分を妻に望む男性がいるとは、とても思えないから。

ミルクココア色の髪はふわふわとしていて纏めにくいし、瞳はありふれたヘーゼルブラウン。不細工ではないと思うが、取り立てて美人とも呼べない。

身分にしても、男性側に利があるものではない。

シェルヴィ子爵家は叔父が継いでいる為、モニカと結婚したからといって爵位を手に入れることはできないのだ。父が生前相続で残してくれたささやかな持参金を欲しがる貴族がいるとも思えない。

要は、女性としての自分に自信が持てないのだ。更には、現状に満足しきっている。

寝て起きたら十年経っていたりしないだろうか。

その年まで未婚なら、きっとメラニーも諦めてくれる。

「はぁ……」

堪えきれなかった溜息が口から零れたその時。

「お、っと。失礼」

近くまで来ていた青年が、モニカに軽くぶつかった。

誰かを探していたのか、彼が唐突に身体の向きを変えた拍子の事故だ。

青年が手に飲みかけのワイングラスを手にしていなかったら「すみません、レディ。大丈夫ですか？」「はい、大丈夫です。お気遣いなく」といった当たり障りのない応答で終わっただろう。

だが実際は、彼の零したワインがモニカのドレスを台無しにしていた。

淡いブルーのシフォンドレスの胸元からウエストにかけて、かなり悲惨なことになっている。

濃い色のドレスを選んでおくのだった、と後悔しても、もう遅い。

「……っ！　私はなんということを──」

青年の慌てた声が頭上から降ってくる。

モニカは手提げ袋《レティキュール》から取り出したハンカチで胸元を押さえながら「大丈夫です」と小声で答えた。

声量を絞ったのは、騒ぎにしたくなかったから。

みっともない恰好を、大勢の人に見られるのが恥ずかしかったのだ。

こちらの気持ちに気づいたらしく、青年はモニカの前に立ち、周囲の視線を遮った。

それからさりげなく上着を脱ぎ、モニカにかける。

上着からふわりと立ち上った品のある香りと、洗練された一連の所作に、思わず顔を上げてしまう。

真っ先に視界に飛び込んできたのは、こちらを心配そうに見つめている濃い茶色の瞳だった。

切れ長の凛々しい瞳に、まるで吸い込まれるように見入ってしまう。

「本当に申し訳ない」

柔らかな響きを帯びた低音に、ハッと我に返った。

青年が身を屈めているせいで距離が近いのだと分かり、とっさに後退《あとじさ》る。

だが背後の壁はそうはさせまいと、モニカの踵を押し留めた。

「付き添いのご婦人はどなたですか？　事情を説明して、不注意をお詫びしなければ」

彼はモニカが誰だか分かっていないようだが、モニカには相手の男がすぐに分かった。

サラサラの黒髪と凛々しく整った容姿を持つ、国王の懐刀。

精鋭揃いだと謳われる国王付き近衛騎士の中でも、ずば抜けた強さで筆頭の地位に立つ男。

レンフィールド伯爵の嫡男、クライヴ・レンフィールドだ。

社交界に疎いモニカですら、彼の名は知っている。

令嬢たちの憧れの的である彼が、なぜこんな部屋の隅に――？

ありえない事態にすっかり動転してしまう。

「い、いいえ、結構です。すぐに帰って染み抜きをすれば、問題ありませんわ」

「そういう問題では……」

「本当にお気遣いなく」

早口で言ってその場を離れようとしたが、彼の上着を借りたままであることに気づく。

背の高い彼の上着は大きく、前をかき合わせれば胸元からウエストにかけて赤く染まった部分は隠れそうだ。これを借りれば、人目を避けて迎えの馬車のところまで辿りつける。

幸い舞踏会が終わるまでには時間がある。

御者には悪いが、モニカをヘイウッド公爵家のタウンハウスに送ったあと、再びここへ戻るよう頼もう。その際、メラニーにも事情を言伝《ことづて》してもらえばいい。

頭の中で手早く段取りをつけ、青年を見上げる。

「あの、こちらを少しの間、お借りできますか？　後ほど必ずお返ししますので」

「上着はもちろんお貸しします。ですがご自宅に戻られるようなら、どうか私に送らせて下さい」

「そんな……見ず知らずの方にそこまでして頂くわけには参りませんわ」

「確かにそうですね。私は、クライヴ・レンフィールドと申します」

怪しい者ではない、というように名乗った彼に、モニカは焦った。

マナーに則るのなら、ここで彼と知り合うつもりはなかった。

だが、ここで彼と知り合うつもりはなかった。

「いえ、せっかくのお申し出ですが、本当に結構です」

これ以上目立ちたくない一心で、きっぱり断る。

だが、クライヴ・レンフィールドも譲ろうとしなかった。

「それでは私の気が済みません。よく似合っていらっしゃったのに、台無しにしてしまった。

どうかお詫びをさせて下さい」

よく似合っていた、という台詞に頬が熱くなる。

社交辞令だと分かっていても、両親やメラニー以外の人に褒められたのは初めてで、心臓が
途端に早鐘を打ち始めた。

「え、っと、あの……」

何と返せばいいか分からず口籠っているうちに、周囲の視線がこちらに集まってくるのを感
じる。

こんなところをアンジェリカに見られたら、絶対に面倒なことになる。

もっと最悪なのは、メラニーに見られることだ。

夫人はモニカとクライヴとの出会いを、婚活のチャンスと捉えるに違いない。

いっそ失礼を承知で、このまま走り去ってしまおうか。

左手で上着の前をかき合わせ、右手でドレスの裾を持ち上げようとしたモニカの背中に、聞き慣れた声がかかる。

「モニカったら、こんなところにいたのね！　あら？　その恰好、どうしたの？」

……間に合わなかった。

モニカは肩を落とし、渋々声の方を振り向いた。

予想通り、そこにいたのはメラニーだった。

彼女は目を丸くし、モニカとクライヴを見比べる。

「もしかして、ドレスにワインが？」

男物の上着を羽織ったモニカと、空のグラスを持ったままのクライヴを見て、メラニーは何が起こったのか察したらしい。

顎に指をかけ、困ったわね、と大して困っていない口調で呟く。

「そうなんです、ヘイウッド公爵夫人。大変申し訳ありません。私の不注意で、ご令嬢にとんだご迷惑をかけてしまいました」

どうやら二人は既知の仲であるらしい。今夜もすでに挨拶を交わしていたのか、クライヴが早速本題に入る。

「私はヘイウッド家の人間ではありませんわ」

ご令嬢、という彼の台詞をモニカはすかさず訂正した。

それから「モニカ・シェルヴィと申します。アンジェリカお嬢様の侍女をさせて頂いております」と名乗る。

結局こうなるのなら、先に身分を明かしておくべきだった。

一介の侍女だと分かれば、クライヴもすんなり引き下がったかもしれない。

モニカの自己紹介に、メラニーはむう、と唇を尖らせた。

「そんなにきっぱり否定しなくても……。モニカは前シェルヴィ子爵の娘なの。亡くなった前子爵と主人は王立学院時代の学友で、ずっと良き友人だったのよ。そんな彼の忘れ形見なのですもの、主人と私にとっては娘も同然だってこと、分かって下さる？」

「奥方様！」

早速モニカを売り込もうとし始めた夫人を慌てて制するが、その程度で止まるメラニーではない。

クライヴはといえば、突然始まった昔語りにもまるで動じず「なるほど、そうだったのですね」などと相槌を打っている。

「ええ。なのに、この子ったら、私たちの養女になって欲しいと何度頼んでも頷いてくれないの」

養女の話は嘘ではないが、この場で話すようなことではない。未婚の彼にモニカをアピールしようという意図が透けて見え、居たたまれない気持ちになる。

「どうかもうその辺で……。この恰好では、せっかくの舞踏会の邪魔になってしまいます。先に帰宅することをお許し下さい」

何とかこの場を切り抜けようと許可を求めたが、メラニーが答える前にクライヴが口を開く。

「改めて初めまして、モニカ嬢。では、ヘイウッド公爵家のタウンハウスまでお送りさせて下さい」

彼の涼しげな瞳は、まっすぐモニカを見つめていた。引くつもりはないのだとよく分かるその眼差しに、呆気に取られる。

「え……？」

アンジェリカの侍女だ、と名乗ったのが聞こえなかったのだろうか？

ドレスを弁償したいというのなら、メラニーと話してくれればいい。モニカにこれ以上構うメリットは、彼にはないはずだ。

それとも狙いはアンジェリカだろうか。

だが彼ほどの青年ならば、モニカに取次ぎを頼まなくても、直接アンジェリカを口説けばいい。

いや、単に責任感が恐ろしく強いだけ、という線も――。

ぐるぐると考え始めたモニカをちらりと見て、メラニーは嬉しそうに微笑んだ。

「では、お願いできるかしら？　今夜のところは送るだけにしておいて下さいね、クライヴ様」

「もちろんです」

今夜のところ、というくだりにモニカは身悶えしそうになった。

メラニーの言い方では、まるでクライヴはモニカに気があるようではないか。

他の人が聞いたら、失笑ものだ。

親馬鹿ならぬ主人馬鹿っぷりに、クライヴも内心呆れ返ったに違いない。

それでも全く態度に出さない彼の紳士らしさに、モニカは密かに感謝した。

レンフィールド伯爵家の馬車に乗せられたモニカは、誰も座っていない前の座席を見つめることに専念した。

そうしなければ、すっぽりと上半身を包む大きな上着だとか、すぐ隣に座ったクライヴから発せられる男らしい空気とか、そういうもので頭が茹だってしまいそうだ。

二十四歳にもなって、男性と二人で馬車に乗っただけで動揺してしまう自分が恨めしい。

異性と接触する機会が皆無に等しく、免疫がないせいだ。そう心の中で言い訳する。

決してクライヴを意識しているからではない。

「ご気分でも悪いのですか？」

黙り込んだままのモニカを気遣うように、クライヴが顔を覗き込んでくる。

その拍子にさらりと流れた黒髪が、彼の目にかかった。

薄暗い車内では、濃い茶色の瞳は黒に近く見える。危険なきらめきを宿したその色にモニカの視線は奪われた。

図らずも見つめ合う形になったことに気づき、慌てて視線を逸らす。

「全く何ともありませんわ。クライヴ様のお時間を割かせてしまったのに、気の利いた会話ができず、申し訳ありません」

ぎこちなく微笑み、取り繕う。

モニカの下手な作り笑顔を見て、クライヴは瞳を和ませた。

「そんなに警戒しないで下さい。強引に事を運んだ自覚はありますが、あなたを怖がらせるような真似はしません。約束します」

「け、警戒なんてしてません」

思わぬ返答に、声が裏返ってしまう。

「違いましたか？　では、前の座席に私には見えない何かが座っている、とか？」

茶目っ気を含んだ問いに、モニカは白旗を上げた。

どうやら彼にはモニカの動揺が透けて見えているらしい。

「……からかわないで下さい。レディ扱いされることに、慣れていないのです」

これ以上虚勢を張るのは無理だと降参する。

クライヴは意外そうに目を瞠った。

「あなたはこんなに魅力的なのに？」

「真面目に受け取って欲しいのなら、去年のうちにワインをかけて下さらないと。クライヴ様と同じパーティーに出たのは、今夜が初めてではありませんわ」

軽口を交ぜて、社交辞令を躱《かわ》す。

モニカが社交界に出るようになったのは、アンジェリカがデビューした去年からだ。

それまでは、何度メラニーに誘われても『お嬢様を一人にはできないから』と固辞した。

パーティーや舞踏会に顔を出すようになってから、クライヴのことは一方的に何度も見かけている。

しかし彼の瞳が、壁の花であるモニカを捉えたことは一度もなかった。

ただクライヴが視界に入れなかったのは、モニカだけではない。

基本的にクライヴはメラニーのような既婚婦人に挨拶はするものの、若い令嬢に自ら近づく素振りは一切見せなかったのだ。

アンジェリカさえ例外ではなく、そのことで彼女が恐ろしく腹を立てていたことまで思い出す。

二十八歳という適齢期を迎えてなお、女っ気のないクライヴには様々な噂がある。

理想がとても高いのだと言う者もいれば、実は同性愛者なのではないかと囁く者もいる。

巷で最も信じられているのは『懐刀であるクライヴの結婚相手は国王が決めるから』という説だ。

モニカもその説を信じていた。

彼は国王に紹介された女性にしか近づかないのだろう、とそう思っていた。

だからこそ、現在の状況に戸惑わずにいられない。

「それは失礼しました。ですが、言い訳をさせて頂いても？」

クライヴはモニカの返答に気を悪くした様子もなく、会話を続ける。

「なんでしょう？」

「私が近衛騎士になって最初にお仕えしたのがシャーロット王女だったのですが、なぜか私は殿下にとても気に入られてしまいまして」

彼はそこで一旦口を噤み、何と続けたものかというように視線を彷徨《さまよ》わせた。

「……こうして改めて説明すると、鼻持ちならない自惚れ屋のようですね」

溜息交じりに零された言葉に、モニカは瞳を瞬かせた。

「クライヴ様は、王女殿下の恋人だった、ということですか？」

「まさか。王女殿下が目に留めたのは、私だけではありません。殿下は気に入った若い騎士には『自分が嫁ぐまで、未婚の令嬢と個人的に話してはいけない』と誓わせた。それだけの話です。私が陛下付きの騎士になっても、誓いは誓いだと仰っておられました」

「まあ、それで……」

赤裸々に打ち明けられた内容に呆気に取られたあと、モニカはなるほど、と納得した。

これまでクライヴがどの令嬢にも近づこうとしなかったのは、王女の意向だったというわけだ。

現国王には二人の子がいる。

クライヴと同じ年のウォーレン王太子。そして、王太子より五年遅れて生まれたシャーロット王女だ。

シャーロット王女は今年に入ってすぐ、フェアフィクス王国より遥か南に位置する新興国へ嫁いでいった。近年めきめきと力をつけてきたその国と新たに結んだ国交の証とする政略結婚だと聞いている。

その結果、クライヴの言うところの『誓い』がようやく無効になったというわけだ。

シャーロット王女のことは遠目に見たことしかないが、随分独占欲の強いお姫様だったらしい。

我儘なお姫様ならモニカの身近にもいる為、クライヴが抵抗できなかった理由がよく分かる。

モニカにとってのアンジェリカが、まさにそれだ。

容姿にも身分にも恵まれた彼女は一度言い出したら、決して引かない。それがどれほどこちらに負担を強いる要求であろうと、関係ない。あの手この手で翻意させようとしても無駄で、結局は受け入れる羽目になる。それなら、最初から抵抗しない方がいい。

「それはお疲れ様でした」

共感を込めて労う。

クライヴはホッとしたように表情を和らげた。

「あなたなら分かって下さると思った」

「私なら？　いつ、そう思われたのですか？」

不思議に思って問い返す。

クライヴは分かっている癖に、といわんばかりの表情を浮かべた。

「あなたがアンジェリカ嬢の侍女をされていると聞いた時です」

きっぱりと答えた彼に、モニカは噴き出しそうになった。

懸命に堪え、真面目ぶった表情を拵《こしら》える。

「うちのお嬢様がご迷惑をおかけしたようですね」

「迷惑というほどではありませんよ。なぜダンスを申し込まないのかと尋ねられたので、丁重に辞退させて頂いたことがあるのですが、その時に高いヒールで足を踏まれて『ごめんなさい、殿方に見えたのだけれど違ったようね』と囁かれたくらいです」

淡々と説明されたエピソードに、とうとう我慢しきれなくなる。

いかにもアンジェリカらしい振る舞いだ。

彼女はおそらく周囲に気づかせないまま、一連の言動をやってのけたのだろう。皮肉たっぷりの捨て台詞を吐いた時も、にっこり微笑んでいたに違いない。

肩を震わせ笑い出したモニカに、クライヴも釣られて笑みを零した。

馬車に乗った時の緊張はすっかり消えている。

これほど話しやすい相手だとは思ってもみなかった。

クライヴ・レンフィールドは国王に重用されている屈強な騎士であり、由緒正しい伯爵家の嫡男であり、令嬢たちの視線を独占する色男でもある。

もっと近寄りがたい相手だと、勝手に線引きして尻込みしていた。

それこそ、自意識過剰というものだ。

ようやく自由に交流を持てるようになったクライヴは、気さくに話すことのできる新たな友人を求めているのだろう。

彼の行動理由が分かって、すっきりする。

それからタウンハウスに着くまではあっという間だった。

「楽しい時間をありがとうございました」

完璧なエスコートでモニカを馬車から降ろしたクライヴは、別れ際爽やかな笑みを浮かべてそう言った。

モニカも彼を見上げ、にっこり微笑む。

「こちらこそ、送って下さってありがとうございました。お借りした上着は綺麗にしてから、お屋敷の方に送らせて頂きますね」

丁寧に膝を折ってから踵を返そうとしたところで、肘をやんわり掴まれる。

まだ何かあっただろうか？

戸惑いながら振り返ると、緊張を帯びた表情を浮かべたクライヴと目が合った。

「次はいつお会いできますか？」

「え……？　ああ、ドレスのことならもうお気遣いなく」

「そうではありません。もちろん弁償させて頂けるのなら、喜んで。ですが、そうではなくて――」

懸命に言葉を探そうとしている彼に、一拍遅れて頬が赤く染まる。

いくら経験がないとはいえ、クライヴが何を求めているか察せないほど子どもではない。

分からないのは、なぜ自分なのかということ。

話していて楽しかったのは、事実だ。

だが、クライヴとモニカでは住んでいる世界が違う。備えているスペックだって比べ物にならない。

パーティーで偶然顔を合わせた時だけ、軽く立ち話をする。それくらいの距離がちょうどいい。

「きっとまたどこかでご一緒できると思いますわ」

個人的に会いたいと請われていることを承知で、あえて外した返答を選ぶ。

モニカはクライヴの手を押し戻し、彼が口を開く前にその場を離れた。

足早に玄関ポーチへ向かう背中に、強い視線を感じる。

真鍮のドアノブをノックする手は、微かに震えていた。

慣れないやり取りをしたせいで、神経が昂っているのだ。

「これはモニカ様。随分早いお戻りですね」

応対に出てきた執事の顔を、まともに見ることさえできない。

「そうなんです。実は――」

懸命に平静を装い、メラニーたちより先に帰宅した理由を話す。

男物の上着を羽織り、頬を真っ赤に染めたモニカを見て、執事は「おやおや」と目を丸くした。

舞踏会の翌日――。

応接室でメラニーの隣に座ったモニカは、こちらに向かって差し出された花束をまじまじと見つめた。

「まあ、なんて綺麗なの……！」

何も言わないモニカに代わり、メラニーが歓声を上げる。

オフホワイトの薔薇を中心に淡いブルーでまとめられた花束は確かに綺麗だ。

昨日モニカが着ていたドレスを思わせる色彩の花束を差し出しているのが、クライヴ・レンフィールドでなかったら、素直に喜んだだろう。

知り合いになった令嬢と結婚を前提とした付き合いを始めたい場合、日を置かず相手の屋敷を訪問するのが紳士のマナーだとされている。その際、手ぶらで行くのはよろしくない。花束やお菓子などを持参するのが一般的だ。

世間の常識からすれば、クライヴの行動は何も間違っていない。

(でも、どうして？　私が乗り気でないことは、昨夜の会話で伝えたはずなのに)

固まったままのモニカの脇を、メラニーがこっそり肘で突いてくる。

「お気遣いありがとうございます」

仕方なく花束を受け取ったが、表情は強張ったままだ。

戸惑いをあらわにしたモニカを見て、クライヴはしょんぼり肩を落とした。

「ご迷惑かとは思ったのですが、どうしてもあれきりにはしたくなくて」

凛々しく精悍な彼に似つかわしくない弱った様子に、モニカは慌てた。

「迷惑だなんて、そんなこと……！」

決して嫌なわけではない。

ただ、どうしても腑に落ちないだけだ。

これがアンジェリカの身に起こったことなら、そういうこともあるだろう、と素直に思える。

もしくは目の前に座っているのが、後妻を探している年配の子爵や男爵ならば、自分が見初められた理由にも納得がいく。

だが偶然ワインをかけただけの、しかもただの侍女に、クライヴほどの青年が一目惚れすることなどあり得るだろうか？

モニカの常識では、あり得ない。

「本当ですか？」

希望に縋るかのような眼差しで問われ、ぎこちなく頷く。

モニカがもっと若ければ——それこそ両親がまだ生きていた頃であれば、きっと舞い上がっていただろう。

素直に彼の好意を受け入れただろうし、仲を深めていくことに怖気づいたりはしなかった。

すでに失われた自分の欠片をまざまざと思い知らされ、皮肉な気持ちになる。

人を疑うことを知らない無邪気な娘は、もういない。

「クライヴ様のお気持ちはありがたく思います。ですが、なぜ私なのかと気になって」

モニカは思いきって本音を伝えることにした。

メラニーも同席していることだし、ちょうどいい。

「それはどういう意味でしょう？」

今度はクライヴが困惑する番だった。

本気で意味が分からないといわんばかりの彼に、モニカは薄く微笑む。

「クライヴ様はご自身が周囲からどう見られているか、ご存じないのかもしれません。ですが私は、自分がどう見られているか弁《わきま》えています」

「モニカ……」

メラニーが伸ばしてきた手をぎゅ、と握り返し、クライヴを見つめたまま続ける。

「これまでずっと壁の花だったんです。私に目を留める男性は誰もいなかった。それなのにある日突然、出会ったばかりの伯爵子息に個人的な交際を求められている。クライヴ様が私の立場なら、どうですか？　嬉しいと思うより先に、訝しく思うのでは？」

モニカの視線を正面から受け止め、じっと話を聞いていたクライヴは「確かにそうですね」と同意した。

「でしょう？」

分かってもらえてよかった、と胸を撫で下ろしたモニカに「ですが」とクライヴは反論した。

「今のお話で、ますますあなたに興味が湧きました」

「……え？」

どうしてそうなる。

疑問符が脳内いっぱいに広がる。

「私の想いに手放しで応じられない理由を、あなたは理性的に説明して下さった。とても聡明な方だと思いました」

「そんな……買いかぶりですわ」

「先ほどの説明があなたを足踏みさせる理由の全てであれば、私があなたを選んだ理由に納得してもらえれば交際して頂ける、と受け取ってもいいですか？」

クライヴは真摯な眼差しでモニカを射貫いた。

凛々しい騎士然とした彼の姿に、心臓が早鐘を打ち始める。

「え？　そ、それは……」

熱を宿したまっすぐな瞳のせいで、まともな思考ができない。

しどろもどろになったモニカを助けてくれたのは、メラニーだった。

「クライヴ様、今日はどうかこの辺りで」

夫人はおっとりと言うと、話題をウォーレン王太子の縁談話に切り替えた。

「そういえば、ウォーレン殿下もよいお年ですわね。沢山の縁談が来ているせいで、逆に婚期が遅れているという噂は本当なのかしら」

これ以上は進めないと分かったのだろう。クライヴはふ、と小さく笑むと、モニカからメラニーへ視線を移した。

視線から解放されて安堵するのと同時に、どこか寂しい気持ちになる。

まさか、とすぐに打ち消したものの、心音はまだ速いままだ。

「さあ、どうでしょう。私はあまり、ウォーレン殿下と接する機会がないのです」

クライヴの歯切れの悪い口調に、メラニーは苦笑を零した。

「陛下とウォーレン殿下では、意見も立場も違いますものね」

「そうですね、残念な話です」

先ほどまでクライヴを取り巻いていた私的な空気は消え、国王の側近の顔になる。

自国の内政が順風満帆とは言い難いことを思い出し、モニカの気持ちは沈んだ。

強烈な国粋主義者で知られるエドマンド国王と、平和主義者であるウォーレン王太子は、政策において真逆な考え方を持っている。

フェアフィクス人だけからなる単一民族の国家を形成する、というのがエドマンド国王の方針だ。

その為の手段を選ぼうとしない過激な純化政策を、王太子率いる穏健派が何とか抑えている、というのが今のこの国の現実だった。

国内の勢力が真っ二つに割れずに済んでいるのは、ウォーレン王太子が国王に対しても平和的な姿勢を貫いているから。そして宰相を務めるヘイウッド公爵が、絶妙のバランスで双方の意見を取り入れているからだと言われている。

「確かクライヴ様の御父上は、ウォーレン殿下の教育係を務めていらっしゃいましたよね。昔はクライヴ様も、殿下とお話しする機会があったのでは？」

「それが、全く。父と殿下は今でも交流があるようですが、それも王宮内での話ですし、殿下がレンフィールドの屋敷にいらっしゃったことは一度もないんですよ。私としては殿下とも交流を持ちたいのですが、陛下があまり良い顔をなさらないので……」

「まあ、そういうことでしたのね」

「宰相閣下も、ウォーレン殿下と個人的に会うことはないと聞いています。やはり陛下の意向を受けてのことでは？」

「そうなのかしら。それなら、主人も大変ね。陛下の忠実な臣であることに変わりはないけれど、王太子殿下を蔑ろにするわけにもいかないし。陛下の退位まで、まだ二十年近くあるわ。胃薬を多めに準備しておかなきゃ」

メラニーは冗談めかして言ったが、エドマンド国王の行きすぎた国粋思想は深刻な問題だ。

フェアフィクス王国のみならず、世界中のどの国にも多様な民族が存在している。厳密な意味での単一民族国家など、どこを探してもない。

異民族に対し排他的にならず、平和に共存していこう、というのが世界に共通した主流な考え方だ。

だが、エドマンド王の意見は違う。

彼はフェアフィクス王国に異民族はいらない、と主張して憚らない。

八年前に起こった『ラースネルの悲劇』も、国王軍による一方的な虐殺だったと巷では囁かれている。

エドマンド王が国内外に向けて発表した『ラースネル人の暴動を抑えようとして起こった不幸な事故』という説明を鵜呑みにしている者は少ない。

両親の死因を周囲に伏せた叔父ですら、妻に向かってこっそり『陛下は乱心しているのではないか』と零していた。

モニカもそうではないかと疑っているのだが、表立っては誰にも言えない。

王政は絶対で、国王の行動を非難することは反逆罪を意味するのだ。

たとえ王太子であっても、例外ではない。

ウォーレン王子が縛り首にならず、今なお王太子の座についているのは、国王への恭順を示し続けているから。彼は国王の施策に対する反対意見は述べても、王自身を非難したり糾弾したりは決してしない。

だから、王子は見逃されている。

この危うい均衡は、エドマンドが退位を迎える七十歳になるまで続く、とメラニーは言ったのだ。

ヘイウッド公爵は中立派だが、クライヴは陛下の側近だ。

その彼に向かってこんな話をして大丈夫なのだろうか、とモニカははらはらした。

気を揉むモニカを見て、クライヴが優しく声をかけてくる。

「大丈夫ですよ。ここでの話は、誰にも言いません」

こちらの気持ちを見透かした発言に、モニカは大きく目を見開いた。

「顔に出ていましたか？」

「ええ。あなたは存外、分かりやすい」

可愛いものを見るかのような眼差しに包まれる。

何と返せばいいか分からず、モニカは唇を引き結んだ。

「今は、照れているのかな？　本当に愛らしい方ですね」

「私で遊ばないで下さい」

たまらず抗議したモニカに、クライヴはくすくす笑った。

「クライヴ様は、ちゃんとこの子を見て下さっているのね。モニカはそんなにお喋りな方ではないけれど、顔を見れば大体何を考えているか分かるのよ」

「いいですね。女心は難しいといいますし、分かりやすい方が助かります」

メラニーと楽しそうに話す彼の柔らかな表情に、面映ゆい気持ちが募る。

「ワインをかけてしまった時もそうでした」

クライヴは瞳を細め、優しい口調で語った。

「不用意な私に苛立ってもおかしくないのに、モニカ嬢はこのあとどうするかということだけを考えていた。染み抜きをメイドに頼まず、自分でするつもりでいることも、微笑ましかった。彼女の力になれたら、と自然に思ってしまったのです」

「そうだったのね」

メラニーは嬉しそうに頷くと、モニカに向かって「今のも、答えの一つよね」と言った。

「答え、ですか？」

「ええ。クライヴ様がどうしてモニカを選んだのか、という問いへの答え」

自信たっぷりに告げるメラニーの言いたいことを理解した瞬間、頬が熱くなる。

両手で顔を覆いたいが、生憎両手は花束で塞がっていた。

モニカは花束を持ち上げ、それで赤くなった顔を隠した。

「いや、待って下さい。それ、可愛すぎるでしょう？」

花束越しに、困り切ったクライヴの声が聞こえる。

（か、可愛い!?）

恥ずかしすぎて倒れそうだ。

「もう本当に許して下さい」

何とか止めさせたいのに、消え入るような声しか出てこない。

「勘弁して欲しいのはこちらの方です」

クライヴが吐息交じりに零した呟きに、メラニーはまたころころと笑った。

そろそろお暇しなければ、と切り出した彼を見送る為に立ち上がる。

応接室を出たところで、メラニーは足を止めた。

「私はここで失礼させて頂くわね。モニカは馬車まで一緒に行ってあげて」

「え、でも——」

戸惑うモニカに、クライヴはにこやかに微笑んだ。

「是非、お願いします」

こうなっては逃げられない。心の中で盛大な溜息を吐き、彼の隣を歩く。

「本当に夫人に可愛がられているんですね」

クライヴがくすくす笑いながら話しかけてくる。

「ありがたいことです」

夫人のお節介な気質に困らされることもあるが、それも全てこちらを案じての行動だと分かっている。

素直に甘えられないのは、モニカの性格によるものだ。

「あなたが養女になれば、きっと大喜びされるでしょうに」

「そんな図々しい真似はできません」

モニカはきっぱり答えた。

クライヴは「なるほど」と頷き、つけ加える。

「あなたは謙虚で、潔癖なんですね」

彼の口ぶりに滲む賞賛に、モニカは首を振った。

「謙虚とか、そういうのではなくて……」

行く当てのなかったモニカに居場所をくれた公爵夫妻は、かけがえのない恩人だ。

彼らの養女になって分不相応な幸せを享受するより、誰より大切な彼らに、モニカは生涯をかけて尽くしたかった。

だが夫妻は、それを望んでいない。

上手くいかないものだ、と零すモニカに、クライヴは眩いものを見たかのように目を細めた。

◇◇◇

クライヴ・レンフィールドは、ヘイウッド公爵家に仕える侍女に熱を上げている。

その噂は、あっという間に社交界に広まった。

それもそのはず。

クライヴは暇さえあれば、モニカに会いに来るのだ。

初めは『どうせ一時の気の迷い』と高みの見物を決め込んでいたアンジェリカも、ついに痺れを切らしたらしい。

例の舞踏会から二か月が経ったその日、クライヴと共に屋敷の庭を散策していたモニカのもとへ、アンジェリカは憤然とした様子でやってきた。

「ごきげんよう、クライヴ様」

彼女はモニカを無視し、クライヴだけに視線を定める。

アンジェリカが物凄い勢いで歩いてくるのに気づいていたモニカは、予想通りの展開に小さく嘆息した。

二か月ももったことが奇跡だ。

もっと早くに邪魔しに来ると思っていた為（お嬢様……我慢強くなられて……）と感慨深い気持ちになる。

「こんにちは、アンジェリカ様。モニカ嬢に御用ですか？　今は休憩時間だと聞いていたのですが」

クライヴは涼しげな顔で、如才のない挨拶をする。

アンジェリカはツンと顎を反らし、鷹揚に頷いた。

「ええ、そうよ。モニカに用はないわ。あなたが攻めあぐねているようだから、手助けしてあげようと思って来たの」

「手助けを？　それは助かります」

クライヴがパッと顔を明るくする。

モニカはこの後に起こる騒動を予想し、そっと二人から距離を取った。

「ええ、存分に感謝して頂戴。あなたの目当ては、このわたくしでしょう？」

「……は？」

クライヴの眉間に皺が寄る。途端に冷たい空気を漂わせ始めたクライヴを見ても、彼女は堂々としている。

この強靭なメンタル。さすがはアンジェリカだ。

「わたくしに近づきたくて、モニカを利用したのよね？　あなたがどうしても、というのなら、婚約者候補として考えて差し上げてもいいわ。だからこれ以上、モニカの時間を無駄にするのはやめて頂戴」

「申し訳ないが、あなたが何を言っているのか、さっぱり分からない」

クライヴは嫌悪感もあらわに、冷たく言った。

彼が負の感情を表に出すところを見たのは、これが初めてだ。

「私が望んでいるのは、モニカ嬢です。あなたではない。あり得ない」

繰り返された否定語に、心がふわりと浮き立つ。

と同時に、やってしまったな、と思った。

「なっ、で、では、本気でモニカを口説いているというの……!?」

アンジェリカの優美な眉がみるみるうちに吊り上がる。

わなわなと震える彼女を前に、クライヴは胸に手を当て一礼した。

「失礼な物言いになってしまったことはお詫びします。ですが、これ以上彼女との逢瀬を邪魔されるのは困る。どうか、もう部屋にお戻り下さい」

「わたくしに命令するつもり!? ここは、わたくしの家なのよ!」

アンジェリカは地団太を踏み、癇癪を爆発させた。

「あなたなんかが、モニカと釣り合うはずないでしょう!」

金切り声で放たれた彼女の台詞に、クライヴは目を丸くした。

「いいから、モニカとはもう会わないと誓いなさいよ! あなたは、あなたの見た目と身分にしか興味がない、伯爵だか侯爵だかのご令嬢を選べばいいのよ! モニカには、もっと地味で愚直で、財産はなくとも腐らず真面目に働くような殿方が合ってるんだから! モニカには私が選んだ人と結婚させると決めてるの。そしてそれは、絶対にあなたではないわ!」

アンジェリカは叫びながら、クライヴを平手打ちしようとやっきになっている。

クライヴは、襲いかかってくる彼女を軽い身のこなしで避けながら、モニカの方を何度も見た。

これは一体どういうことだ、と彼の眼差しは雄弁に語っている。

モニカは小さく首を振り「怪我をさせないで」と唇だけで伝えた。

どれだけも経たないうちに、騒ぎを聞きつけた従者たちが駆け寄ってくる。

アンジェリカの癇癪に慣れている彼らは、手際よく彼女を捕獲し、連れ去っていった。

「やめなさい、わたくしではなく、あの男を摘まみ出しなさい！」

最後まで虚しく抵抗するアンジェリカの声が、次第に遠ざかっていく。

やがて嵐が過ぎ去ったあとのような静けさが、モニカとクライヴの間に広がった。

「――……一体、あれはなんだったんですか？」

彼がぽつりと零したもっともな質問に、モニカはこめかみを押さえながら答えた。

「驚かせてしまってごめんなさい。よそでは絶対にやらないのですが、お嬢様は私が絡むと時々ああなるんです」

「……それは、独占欲、という解釈でいいのでしょうか」

「独占欲とは、また少し違う気はします。お嬢様にとって私は、庇護すべき手下という感じではないかと。お嬢様自身は私に対してかなり横暴なのですが、他の人が私に嫌なことをすると、ああやって癇癪を起こしてしまうんです」

「嫌なこと……。色々言いたいことはありますが、なんというか、難儀な方ですね」

「お嬢様から見て、ということですよ？　でも、私にとっても大事な人なんです。傷つけないで下さってありがとうございます」

アンジェリカはか弱い深窓の令嬢なのだ。

どんなに狂暴に振る舞ったところで、決して強くはない。クライヴが軽く手を払っただけで、倒れて庭石で頭を打ちつけてしまうかもしれない。

彼はじっとモニカを見つめると、困ったように眉尻を下げた。

「あなたがそんな風だから、彼女も甘えているんでしょうね」

「……それは否定できません」

アンジェリカを甘やかしすぎた自覚は、大いにある。

だが初めて会ったあの日、ぎゅっと手を握ってきた彼女は、本当に天使のようだったのだ。

十一歳のアンジェリカが示した同情は、当時のモニカの傷ついた心を優しく包み、癒やしてくれた。

それに、彼女は非常な努力家でもある。ダンスや刺繍の腕は言うまでもなく、数か国語を流暢に操れるし、大量の本を読破していて博識でもある。

ただ、ちょっと性格が残念なだけで……。

とうに家を出ているアンジェリカの兄たちは、末娘である彼女のことを『手に負えない天才的な馬鹿』と呼んでいる。言い得て妙だと思うが、素晴らしく美しい、という形容詞が抜けている。

モニカは、滔々とアンジェリカについて語った。

一連の話を黙って聞き終えたクライヴは「ちょっと、ではないような」とだけ言った。

モニカも反論はできなかった。

アンジェリカの横槍はそれからも続いたが、クライヴは諦めなかった。

逢瀬の度に「そういえば」とモニカでなくてはならない理由を述べては、照れくさそうにはにかむ。

彼の照れ顔は、男性らしい魅力に溢れた外見とのギャップも相まって、すさまじく可愛い。なんてずるい人なのだろう、とモニカは心の中でこっそり悪態をついた。

『謙虚なところ』『初々しいところ』『話していて楽しいところ』など、クライヴが挙げる理由は至極ありふれたものばかりだったが、一目惚れの理由なんてそう突飛なものではないのかもしれない。

出会って三か月が経つ頃には、モニカも彼の本気を認めざるを得なくなった。

メラニーは、そろそろプロポーズされる頃ではないかと、クライヴが来る度そわそわしている。ウエディングドレスをどうするか、新居はどうするのだろう等、勇み足も甚だしい話を侍女にしているところを目撃した時は、その場で卒倒しそうになった。

ヘイウッド公爵はといえば、そんな妻を窘めつつも「本当のところはどうなんだ?」とモニカにこっそり尋ねてくる始末だ。

求婚されれば、はっきり答えなくてはいけない。

彼の手を取り、共に生きていくのか。それとも断り、単なる顔見知りに戻るのか。

モニカは夜眠りに就く前、必ずそのことについて考えるようになった。

クライヴは、とても素敵な男性だ。

好きか嫌いかで問われれば、間違いなく好きだと即答できる。

だが、彼にはまだ打ち明けていないことがある。

モニカの両親がラースネル人の少女を助けようとして死んだことを知ったら、クライヴはどう思うだろう。

陛下の信が厚い彼のことだ。

眉をひそめ、叔父の判断が正しいと述べる可能性は非常に高い。

(……私の過去の傷を抉るような方ではないと思うけれど、信念は人それぞれだものね)

思案した結果、プロポーズされたらその話をしよう、と決心する。

両親の死についての彼のコメントによって、結婚するかしないかその場で判断するのだ。

そう決めたあと、モニカは一人笑ってしまった。

別れを告げられる未来を少しも考えなかったことが、可笑しかった。

クライヴが去っていったら、かなり寂しくなるだろう。

アンジェリカは手を叩いて喜ぶだろうが、公爵夫妻は落胆するに違いない。

どちらにしろ、元の生活に戻るだけだと自分に言い聞かせる。

彼と出会う前はどんな風に日々を送っていたか、すぐに思い出せないことには気づかないふりをした。


王宮で催される建国記念パーティーを翌週に控えたその日――。

ついにクライヴはモニカの前に跪《ひざまず》いた。

恭しく片手を取られ、じっと見上げられる。

モニカを一心に見つめる焦げ茶色の瞳は、不安と期待に揺れていた。

「どうか、私の妻になって頂けませんか。一生をかけて大切にすると誓います」

真摯なその声と表情に、鼻の奥がツンとする。

すぐに頷いてしまいたい衝動を懸命に堪え、モニカは彼の手を引っ張った。

困惑もあらわに、彼が立ち上がる。

「……駄目、ですか？」

クライヴの端整な顔に広がっていく落胆の色に、居ても立ってもいられなくなる。

そんな顔をさせたいわけではない、と叫びたいが、今は他に優先しなければならないことがある。

「私の話を先に聞いて頂けますか？」

クライヴを近くのソファーに誘導し、モニカも彼の前に座る。

彼は頷き、聞く姿勢を取った。

「私の両親の死因を、クライヴ様はご存じでしょうか？」

クライヴは一瞬、意表を突かれたように瞬きしたが、すぐに丁寧に答える。

「ええ、事故だと聞いています。買い物中、暴走した馬車に跳ねられてしまったのだ、と」

予想通りの回答に、モニカは唇を歪めた。

「叔父の発表では、そうです。ですが、真実は違います」

「それは、どういう？」

怪訝な表情を浮かべたクライヴに、ゆっくり口を開く。

「両親は『ラースネルの悲劇』に巻き込まれて、圧死したんです。剣を抜いた国王軍から逃げようと、デモに参加した群衆はパニックになっていた。逃げ惑う人々の中、家族とはぐれて泣いていたラースネル人の少女を見過ごせず、母は彼女を助けようとした」

鼓膜を叩く自分の一言、一言に、深く胸を抉られる。

あれから八年が経ったというのに、もうモニカは大人になったのに、今でもこんなに両親が恋しい。

「母は少女を抱き締めたまま、雪崩を打って逃げる人々に踏み潰された、と聞いています。そんな母を助けようとした父も同じく。遺体を見ることは許されませんでした。きっと、酷い有り様だったのでしょう」

「もういい」

クライヴは低い声でそう言った。

唸り声に似たその声に、瞳を瞬かせる。

視界を揺らす涙の膜が、瞬きをした拍子に眦《まなじり》から零れていった。

次々に溢れてくる涙のせいで、彼がどんな顔をしているのかはっきり見えない。

慌てて涙を拭おうとしたその瞬間、モニカはクライヴに抱き締められていた。

いつの間に席を移動したのだろう。

すぐ隣に座った彼は、モニカを強く抱き締め「もういいんです。分かりましたから、それ以上思い出さなくていい」と囁いた。

広い胸に頬を押し当てたモニカが真っ先に感じたのは、安堵だった。

背中に回ったクライヴの腕は頼もしく、彼の声はどこまでも優しい。

モニカは躊躇いを捨て、心の内をさらけ出した。

「私は両親を誇りに思っています。馬鹿な真似をしたなんて、一度だって思ったことはないわ。シェルヴィの家を出たのは、両親の死因を周囲に伏せた叔父に腹を立てたからなんです。陛下の耳に入ったら、処罰されてしまうかもしれませんね。……こんな私でも、まだ結婚したいと思いますか？」

クライヴは何も言わなかった。

ただ息をひそめ、じっと何かを考えているようだ。

きっとプロポーズは撤回される。そうモニカは思った。

『かなり寂しくなる』なんて欺瞞《ぎまん》だ。実際彼が去っていき、他の女性を妻に娶ったら、モニカの心は千切れてしまうだろう。

だが、夫となる人に隠しごとをしたまま、何食わぬ顔で結婚生活を送ることはできない。

打ち明けなければよかった、と後悔しそうになる自分に言い聞かせ、小さく唇を噛む。

「……あなたは、いいのですか？」

やがてクライヴはそう尋ねてきた。

暗く沈んだ声色に、モニカは戸惑った。

「それはどういう意味でしょう？」

「私は陛下の騎士です。あの日は現場にいませんでしたが、陛下が命じれば迷わず剣を抜く。あなたの両親を間接的に殺した兵士たちと、何も変わらない。いうなれば私は、あなたの仇です」

彼がどんな顔で話しているのか知りたくなったが、クライヴは片手でモニカの後頭部を押さえ、胸元から離そうとしない。

顔を見ないでくれといわんばかりの仕草に、困惑が深まる。

「ですが、たとえ私があなたの仇であったとしても、このまま引き下がることはできない」

まるで懺悔しているような口調で彼は言った。

熱烈な告白のはずなのに、悲しい気持ちになる。

それはきっと、クライヴが悲しんでいるから。

「仇だなんて……。そもそも私は、国王軍の方々が両親を間接的に殺したとか、そんな風には思っていません」

本心を吐露したつもりだが、クライヴは呆気に取られたようだった。

モニカの両肩を勢いよく掴み、顔を覗き込んでくる。

「本気で言っていますか？　では、あなたの両親はなぜ亡くなったと？」

信じられない、と言いたげな彼の表情に気圧される。

「それは……不幸な巡りあわせだったとしか……」

正直、それ以外の答えが出てこない。

元を辿れば確かに、ラースネル人を追い立てた兵士のせいかもしれないし、国王軍を動かしたエドマンド王のせいかもしれない。

だが、デモが起こらなければ国王も動きはしなかった。

だからといって、デモを起こしたラースネル人を責める気にもなれない。

不当な扱いに我慢できなかった気持ちはよく分かる。もしもモニカがラースネル人だったら、きっとデモに参加しただろう。

要因は複雑に絡み合っていて、単純化することは難しい。

「それに、どれほど誰かを恨んだとしても、両親にまた会えるわけではありませんもの」

モニカの説明に、クライヴはすっと表情を消した。

生気のない冷え切った顔で、微かに唇を動かす。

「……俺はそんな風には思えない」

声にならない呟きを読み取ることはできなかった。

今、彼は何と言ったのだろう？

モニカの視線に気づいた途端、クライヴは表情を戻した。

いつもと変わらない落ち着いた眼差しがモニカに注がれる。

(何か仰ったような気がするけれど、私の勘違いかしら？)

首を傾げて、まじまじと彼を見つめる。

クライヴはモニカの肩から手を離し、一つ息を吐いた。

「すみません。ご両親が亡くなった原因があの日にあったとは思わず、動揺してしまいました」

それから、上着のポケットを探ってハンカチを取り出し、モニカの頬を優しく拭う。

「先ほども言いましたが、私の意思は変わりません。あなたさえよければ、求婚を受けて欲しい」

願ってもない申し出だ。

だが、これを確かめるまでは返事ができない。

「答える前に、一つだけ質問させて下さい。私の両親を愚かだと思いますか？」

息を詰めてクライヴの反応を見守る。

彼はふ、と身体の力を抜き、静かに答えた。

「思えるわけがない」

深い悲しみが籠った声に、モニカの心は決まった。

◇◇◇

モニカとクライヴとの結婚話は、アンジェリカを除く関係者全員に快く受け入れられた。

ヘイウッド公爵夫妻だけでなく、レンフィールド伯爵夫妻も今回の話には乗り気だったようで、何の障害もなく婚約式、そして結婚式の日程決め、と進んでいく。

モニカは正直、夢を見ているような気分だった。

クライヴの婚約者として社交の場に出たり、ウエディングドレスの仮縫いをしたり、とモニカを取り巻く状況は着々と変わっているのに、彼の花嫁になる実感がなかなか湧かない。

「──それは、後悔しているという意味ですか？」

とある夜会へ向かう馬車の中で、クライヴはわざと胸を押さえてみせた。

「私は早くあなたを私の妻にしたいのに、あなたはそうではないのですね」

恨めしそうな物言いに、つい頬が緩んでしまう。

「そんなことは言ってません。トントン拍子に進みすぎて、ちょっと怖いというか……」

「怖い？」

「ええ。まるで夢みたいなんですもの。目を開けたら全部幻で、本当はあなたとは知り合ってすらいなかったりして」

冗談めかした言葉に本音を織り交ぜる。

クライヴは真面目な顔になると、ゆっくりモニカの頬に手を当てた。

「どうすれば、現実だと分かって頂けますか？」

真剣な眼差しに含まれる甘い色に、頭がぼうっとする。

「……では、手を繋いでいて下さい」

彼の大きな手が、モニカは好きだった。

指を絡め合って繋ぐだけで、彼の隣にいてもいいのだと素直に思える。

「それだけでいいの？」

クライヴは囁くと、頬に当てていた手をそっとずらし、親指でモニカの唇に触れた。

意味深な仕草に、頬が熱くなる。

「手袋に口紅が移ってしまうわ」

こんな風に誘われるのは初めてではないが、実際にキスしたことは一度もない。

結婚式の誓いの口づけをファーストキスにしたい、というモニカの少女じみた願いを、クライヴは知っているのだ。

今夜も彼はすぐに引き下がった。

顔に触れていた手を下ろし、モニカの手をぎゅっと握り込む。

「結婚式では、あなたがちゃんと拭って下さいね」

何を、と尋ねなくても分かる。

唇を重ねたあと、彼に移った紅を拭えというのだろう。

「もう……」

恥ずかしくなって顔を背けると、クライヴはくすくす笑った。

クライヴのプロポーズを受けてから、半年。

結婚式を翌日に控えたモニカは、感慨深い気持ちでいっぱいになりながら就寝の身支度をした。

明日になれば、モニカはメラニーが指揮を執って作らせた素晴らしく美しいウエディングドレスを纏い、大好きな人の妻になる。

髪を梳いているだけなのに、感極まって泣いてしまいそうだ。

モニカを新郎へ引き渡す役を務めるのは、ヘイウッド公爵に決まった。

自分が務めるつもりだったらしい叔父は最後まで渋っていたが『モニカの後見人はあなたではない』と公爵にきっぱり言われ、引き下がったという。

実際、モニカの持参金は、父が遺したものだけではなくなっていた。

ヘイウッド公爵がこっそりあれこれ足していたのだ。

『ここまでしてもらうわけには』と慌てたモニカに、公爵は『少ないくらいだ』と譲らなかった。

『娘への祝いとして贈りたいが、君がどうしても嫌だというのなら、退職金だと思ってくれたらいい』

そこまで言われれば、固辞できない。

心からの礼を述べたモニカを、公爵は優しく抱き締め『幸せになりなさい』と祝福してくれた。

両親が亡くなった時は、まさかこんな幸せな未来が自分に訪れるとは思ってもみなかった。結婚自体できるとは思わなかったし、できたとしてもそれはもっと事務的で味気ないものだと予想していた。

素敵な男性に心から望まれ、嫁いでいく娘を見て、亡き両親もきっと胸を撫で下ろしていることだろう。

それも全て、公爵夫妻のお陰だ。

これまでの日々を思い出すうちに、本当に目頭が熱くなる。

モニカはブラシを置き、深呼吸した。

泣き腫らした目の花嫁にはなりたくない。

鏡台の前を離れ、何か楽しいことでも考えながら寝ようとしたところで、部屋の扉がノックされる。

置き時計の針を確認し、モニカははぁ、と嘆息した。

こんな遅い時間に部屋に押しかけてくる人物は、一人しかいない。

「どうぞ、お嬢様」

諦め交じりに答えると、すぐに扉が開いた。

「こんばんは。顔を見に来てあげたわよ」

寝間着の上にガウンを羽織ったアンジェリカが、ワインを片手に入ってくる。

昔はノックなどしなかったのだから、本当に大人になったものだ。

「ワイン、ですか？　明日に響くといけないので、私はちょっと……」

「誰があなたに飲ませると言ったの？　これはわたくしが飲む分よ」

「その可能性もあるとは思っていました」

相変わらずの傍若無人ぶりに苦笑しつつ、グラスを用意する。

「──ねえ、本当に彼と結婚するの？」

窓際に置かれた丸テーブルに座ったアンジェリカは、ワインをちびちび舐めながら切り出した。

アルコールに強くない彼女らしい飲み方に目を細める。

大して飲みたくないのなら持ってこなければいいのに、とは思ったが、さすがの彼女も素面ではしにくい話なのかもしれない。

「そのつもりです。新居はこちらの屋敷からそう遠くないところにありますし、これからも度々お嬢様のご機嫌伺いに参りますね」

「ふん。そんなの当然よ。心配なんてしてないわ」

口ではそんなことを言いながら、明らかにホッとした表情を浮かべている。

アンジェリカのこういうところが憎めないのだ。

彼女の我儘に付き合うのも今夜で終わりかと思うと、少し寂しくなる。

「彼がわたくしとの縁を切らせようとしたなら、もっと盛大に暴れてやれたのに……。ねえ、本当にクライヴ様でいいの？」

「お嬢様は、なぜそこまで反対されるのでしょう。私がお嬢様の侍女として生涯を終えられないことに、怒っておられるのですか？」

思いきって踏み込んで尋ねてみる。

アンジェリカは美しい二重の目を、カッと見開いた。

「そんなわけないでしょう！　わたくしが何の為に沢山の殿方と会っていると思っていたの。あなたの相手を探す為じゃない！」

「そ、そうだったのですか」

できるだけ多くの男性にチヤホヤされたいからだと思っていたが、どうやら違ったらしい。

「お嬢様……」

感動でまた胸が詰まってしまう。

「でも、結局見つけられなかったわ。わたくしに声をかけてくる殿方は皆、顔が良くて地位もある、自分に自信がある煌びやかな方ばかりで」

「なるほど」

すん、と涙の気配は引っ込んだ。

「クライヴ様なんて、その典型じゃない。どんな女性だって選べるのに、どうしてモニカなの？　何か裏があるとしか思えないわ」

「それは私もそう思いますが……」

「でしょう？　結婚した途端、あなたを使用人のように扱うかもしれない。もしもそうなったら、すぐに言うのよ。わたくしの侍女に戻してあげるから」

「使用人という点ではどちらも同じでは？」

もはや突っ込みが追いつかない。

モニカはアンジェリカの腕を宥めるように優しく叩いた。

「大丈夫ですよ、お嬢様。私を心配して下さるお気持ちは嬉しいです。ですが、私もいい大人です。自分の選択がどんな結末を招こうと、その責任は自分で負います」

「そんなことは分かっているわよ」

「それを飲み終えたら、お部屋に戻って下さいね。明日の晴れ姿は、お嬢様にも見てもらいたいんですから。私が起こしに行けなくても、ちゃんと起きて下さいよ？」

「分かってると言ったでしょう！」

アンジェリカはぐす、と鼻を鳴らした。

モニカがいなくなるのが寂しいのか、それともきちんと起こしてくれる侍女がいなくなることを惜しんでいるのかは微妙なところだ。

「……あなたのご両親のこと、彼には話したの？」

しばらく黙ってワイングラスを睨んでいた彼女が、ぽつりと尋ねた。

ああ、本題はこれだったのか、と腑に落ちる。

「はい。隠しておくのは嫌だったので」

「やっぱりね。彼は、なんて？」

「私の両親を愚かだとは思わない、と」

「ふうん」

アンジェリカはそれだけ言うと、またワイングラスに口をつけた。

怒り出さないところを見ると、クライヴの答えは及第点だったらしい。

「では、あなたの方に隠しごとはないというわけね。でもクライヴ様の方は、どうかしら？」

「どういう意味ですか？」

いくらアンジェリカといえども聞き捨てならない言い方に、眉をひそめる。

「クライヴ様は、レンフィールド伯爵の実子ではないわ。御子に恵まれなかった伯爵夫妻は、遠縁の彼を引き取って養子にしたの。クライヴはあなたにその事実を伝えた？」

「え……？」

初めて耳にする情報に、ぽかんと口が開く。

アンジェリカはこちらを見ないまま、口早に続けた。

「それに、彼はシャーロット王女とは恋仲だったそうよ。未婚の王女と麗しい近衛騎士。これが物語ならば素敵だけれど、婚約しているわけでもないのに深い仲になるのは頂けないわよね？　醜聞をもみ消す為、王女付きから陛下付きの騎士に配置替えになった話は、教えてもらえたの？」

深い仲、という言葉に、カアッと頭が熱くなる。

「恋人ではないと仰っていました！」

むきになって言い返したモニカを、ようやくアンジェリカは見た。

彼女の瞳に浮かんでいるのは、憤りと同情だった。

「王女と睦み合っている場面を目撃したのは、ウォーレン殿下だそうよ。彼と殿下のどちらかが嘘をついているということになるわね」

「……そんな、でも……」

王女の恋人だったのかと尋ねた時『まさか』とクライヴは否定した。

真面目な彼が嘘をついたとは思えない。

「式の前日に告げるような話ではないわよね。もっと早く教えたかった。この件については、情報を集めるのに手間取ったわたくしが悪いわ。ごめんなさい」

長い付き合いの中で、アンジェリカが謝罪を口にしたのはこれが初めてだ。

「謝って頂く必要はありません。それが本当のことだったとして、過去の話です。全部終わったことですわ」

モニカは毅然と言い放った。半分は自分に言い聞かせる為だった。

「本当にそう思える？」

アンジェリカは悲しげに瞳を伏せた。

「わたくしがあなたにふさわしいと思う殿方の条件はね。『モニカ一人を心から愛してくれる方』よ。容姿にも身分にも恵まれている者は、大抵不誠実なの。わたくしも同類だから分かる。彼らは、常に選ぶ側なんですもの。どれほど取り繕おうが、傲慢さが性根から抜けることはない。馬鹿みたいにまっすぐでお人好しなあなたには、合わないわ」

アンジェリカの言葉に、胸を衝かれる。

モニカはぐっと奥歯を噛み締め、込み上げてくる感傷を堪えた。

まだ少女だったアンジェリカに語った昔の夢を、彼女は忘れていなかったのだ。

――『ねえ、モニカはどんな人と結婚したい？』

――『誰とも結婚しません。私は、ずっとお嬢様の傍にいます』

『それは当然でしょ！　ねえ、どんな人？　答えるまで許さないから』

『ええ～……しいて言えば、父と母のような夫婦が理想ですね』

（具体的に言って、とお嬢様が食い下がるものだから、心から一途に想い合う、決して互いに嘘をつかない夫婦だと答えたのよね）

「覚えていて下さったのですね」

堪えきれない涙が、ぽろりと落ちる。

「あなたが言った言葉を、わたくしが忘れるはずないでしょう」

アンジェリカはふてぶてしく言い捨て、モニカの眦を細い指でぐい、と拭った。

「それで？　本当に彼と結婚するの？」

しばらく真剣に考えてみたが、結婚したくないとはどうしても思えなかった。

クライヴは、王女の恋人だったのかもしれない。

伯爵の実子ではない件もそうだが、言いたくないことは言わない人なのだろう。

だが、モニカと結婚したい、と彼は何度も希《こいねが》った。

それはモニカと生涯を共にしたい、という意味のはず。

それだけは嘘ではないはずだ。

「はい、します」

クライヴを信じようと、心に決める。

信じた上で彼に裏切られたのなら、それはもう『仕方のない』ことだ。

深く傷つかないとはいえないが、流した涙はいつか過去になる。モニカはそれをよく知っていた。

アンジェリカはしばらくモニカを見つめたあと「なら、いいわ」と小さく肩を竦めた。

「幸せにね、モニカ。おやすみなさい」

半分以上残ったワイングラスを残して、彼女は去っていく。

ワインとグラスを片付けたのは、もちろんモニカだった。


そして迎えた結婚式当日――。

昨日二人で話したせいだろう、公爵家の面々から最大の懸念要素だと目されていたアンジェリカは大人しく列席者の席に着いている。

クライヴは近衛騎士の正装を纏い、水際立った美青年ぶりを発揮していた。

実際、列席した令嬢のうち数名が、彼を見て卒倒したほどだ。

ストイックな色香、とでもいうのだろうか。矛盾しているようだが、そうとしか表現できない何かを存分に振りまきながら、彼は祭壇前でモニカを待っていた。

長いトレーンを引き、白薔薇をメインにあしらったブーケを持って、中央の通路をしずしずと歩いていく。

隣を歩くヘイウッド公爵は普段通りの余裕を見せていたが、その腕は固く張り詰めていた。

モニカの指に伝わってくる緊張に、深い感謝の念が込み上げる。

「大変お世話になりました。公爵家にお仕えすることができて、とても幸せでした」

クライヴに引き渡される直前、小声で伝える。

公爵は驚いたようにモニカを見たあと、くしゃりと顔を歪めた。

そんなモニカと公爵のやり取りを、クライヴは表情の読めない顔でじっと見つめていた。

司祭の進行に従って誓いの言葉を述べ、指輪の交換をする。

誓いの口づけは、ほんの一瞬で終わった。

軽く触れるだけのキスに、こんなものか、と拍子抜けする。

感じたことが全て顔に出ていたのだろう。

身を屈めてモニカに口づけたクライヴは、ふ、と小さく笑った。

「口紅が移るほどのキスは、また夜に」

いつかの馬車の中でのやり取りを引き合いに出してきた彼に、モニカも悪戯っぽく言い返す。

「拭って差し上げるつもりでいたのに、残念だわ」

「妻をがっかりさせるのは本意ではないな。やり直させて下さい」

クライヴは茶目っ気を含んだ声で言うと、再びモニカの唇を塞いだ。

今度はゆっくりと、そして長く。

しっとりとした未知の感触に、ぶるりと身体が震える。

予定にない二度目のキスに、参列者たちはざわめいた。

女性陣は、ほう、と羨望の溜息を零している。

クライヴが屈めていた身を起こした時、モニカはすっかり茹だっていた。

よろめきそうになるのを、夫となった彼がすかさず抱き留める。

「どうでしょう。やはりついてしまいましたか？」

クライヴの囁き声に誘われ、彼の唇を見上げる。

ほんのり赤く染まった形の良い唇を、モニカは震える指で拭った。

何とも仲睦まじい新郎新婦の振る舞いに、参列席から笑い声が起こる。

「あんまり見せつけるなよ、クライヴ」

「ほんとやってくれるよな！」

ぴゅう、と口笛を吹いて野次を飛ばしているのは、近衛騎士の同僚だろうか。

盛大な拍手と共に「おめでとう！」「どうかお幸せに」という寿《ことほ》ぎの声が聞こえる。

祝福の声で溢れる教会内を、ステンドグラスから差し込む陽光が明るく照らしていた。

まるで夢のように美しい光景を、モニカは食い入るように見つめた。

いつでも思い出せるように。

今日から始まる新たな人生のよすがにできるように。

二章　初めての夜と不穏な足音

レンフィールド伯爵が有する広大なタウンハウスで結婚披露パーティーを終えたあと、モニカとクライヴは新居へ向かった。

星が瞬く夜空のもと、馬車で移動すること数十分。レンフィールドの屋敷から少し離れたところにある三階建てのアパートメントに到着する。

クライヴのエスコートで馬車から降りたモニカは、目前に佇む建物を見上げ、ほう、と息を吐いた。

全ての階の窓から温かな光が漏れている。先に来ているメイドや従者たちが主人夫妻を迎える準備をしている証拠だ。

王都に庭付きの戸建てを持つ貴族はごく少数で、大抵はアパートメントをタウンハウスにしている。

かつてレンフィールド伯爵の大叔父が住んでいたというこの建物は、大規模な改装工事を経て、新築同然に生まれ変わっていた。

モニカがここへ来るのは初めてではない。婚約時代に各部屋の壁紙やカーテンを選ぶ為、足を運んだことがあるのだ。

だが、改めてこうして入り口に立ってみると、以前来た時には覚えなかった感傷に襲われる。

クライヴがレンフィールド伯爵家を継ぐまで、モニカは彼とここで暮らすのだ。

数名の使用人を扱う女主人となり、いずれは彼の子どもを産むだろう。

新たな家族ができたという実感に、心が甘く痺れる。

クライヴはモニカを軽々と横抱きにし、メイドが開けた玄関をくぐった。

新居に入る時、花婿は花嫁を抱きかかえる、という習わしがある。敷居につまずく不運を避ける為だそうだ。

円満な結婚生活を願う慣例通りの行動に、くすぐったくも幸せな気持ちになる。

「今日からよろしくお願いしますね、奥さん」

クライヴはモニカの額にキスをして、柔らかく言った。

「こちらこそ。よろしくお願いします、旦那様」

「その呼び方もいいけれど、どうか今日からは、クライヴと」

呼び捨てをねだる彼の眼差しに、胸が痛むほどのときめきを覚える。

モニカはこくりと頷き、彼の首元に頬を寄せた。

広々としたバスルームで湯浴みを済ませ、メラニーが持たせてくれた純白のネグリジェに着替える。

緊張と期待で心臓が爆発してしまいそうだ。モニカは胸を強く押さえながら、夫婦の寝室へ向かった。

クライヴはすでに寝台に腰掛け、新妻を待っていた。

部屋の灯りは、寝台脇に置かれたテーブルランプだけを残して、全て消されている。

薄暗い寝室の中、彼はこちらに気づくと、照れくさそうに瞳を細めた。

初めて目にするクライヴの無防備な恰好に、モニカの心臓は一際大きく跳ねた。

洗ったせいでまっすぐ下りた前髪。

鍛え抜かれた身体を無造作に包む薄手のシャツとズボン。

クライヴのこんな姿を間近で見ることができるのは自分だけだと思うと、何とも言えない優越感に包まれる。

だがこんな風に観察できるということは、向こうからもしっかり見えているということだ。

急に恥ずかしくなったモニカは足早に寝台に近づき、彼の隣に腰を下ろした。

並んで座ると、寝室がシンと静まり返った。

微かな物音すらやけに響いてしまいそうで、身動ぎすることもできない。

クライヴはといえば、何かを考え込むかのように膝の上で手を組んでいる。

「緊張してますよね？」

やがて短く零された声は無色で、何の感情も読み取れなかった。

「はい……かなり」

素直に答えると、クライヴはようやくこちらを見た。彼は困ったように眉尻を下げていた。

「実は、私もです」

「クライヴ様も？」

意外な返しに、声が高くなる。

「ええ。可能な限り努力しますが、あなたを傷つけずに済むか分からない」

溜息交じりの告白に、モニカは思わず微笑んでしまった。

モニカは処女なのだから、傷はつくに決まっている。

初めは仕方ないと彼も分かっているはずなのに、心配してくれているのだ。

自分だけが緊張しているわけではないと分かって、安堵する。

「大丈夫ですよ、クライヴ様。無理そうな時は、ちゃんと言います」

約束、とばかりに小指を掲げてみせる。

彼は目を丸くして、ぱちぱち、と瞬きした。

モニカと小指を交互に見比べ、ふ、と表情を和らげる。

「クライヴ、でしょう？」

甘い声で呼び名を訂正され、小指を絡められる。

繋いだ部分から伝わる温もりに、じんと胸が痺れた。

「……はい、クライヴ」

「早くその呼び方に慣れて下さいね、モニカ」

彼はからかいを帯びた眼差しで囁くと、繋いだ指に軽く口づけた。

初めは指。それから、手首。それから鎖骨、そして首。

軽いリップ音を立てて落とされる可愛いキスに、モニカはくすくす笑った。

やがて唇をゆっくり塞がれ、そのままシーツの上に押し倒される。

さらりと揺れる前髪の隙間から見える彼の瞳は、どこまでも凪いでいた。

冷静な表情に、全身の力が抜ける。

酷いことは何もされないと心から信じることができたし、己の欲を優先しないクライヴに感動もした。

落ち着き払った態度を不審に思うこともなく、優しくされてただ嬉しかった。

クライヴは、色事に不慣れな新妻を怯えさせないよう最大限の配慮を払った手付きでネグリジェを脱がし、あらわになった胸を丁寧に愛撫していく。

ツンと尖ってきた乳首を、クライヴはやんわり舐めた。

指で軽く捏ねては、舐める。それを数度繰り返したあと、そっと口に含む。

「んぅ……っ」

痺れるような快感がじわじわと駆け上ってくる。

モニカはきつくシーツを握り締めた。

胸しか弄られていないのに、下腹部が切なく疼く。じわりと濡れた下着をどうにかしたくて、両腿を擦り合わせた。

クライヴはモニカの動きに気づくと胸から離れ、再び唇を塞いでくる。

モニカの息はすっかり上がっていた。

空気を求めて薄く開いた唇の隙間から、彼はゆっくり舌をしのばせる。

初めて触れた他人の舌の熱さに、モニカは慄いた。

びくり、と震えて舌を引っ込める。

クライヴは無理には追わず、代わりに口蓋を丁寧に舐めた。

「ふ、ぁ……」

あやすようなその動きに、更に腰が疼く。頭の中には白い靄がかかり、まともな思考はできそうにない。

クライヴは片手を伸ばし、濡れた下着を器用に脱がせた。

彼がまだ部屋着姿のままでいることにすら、モニカは気づけなかった。

「脚を開いて下さい」

優しく請われるまま、彼の言う通り脚に力を込める。

そろそろと開いた両脚の間にクライヴは身体を割り入れ、蜜は零すものの未だ固く閉じられた秘所を指で解していった。

「つ、やぁ、…っああっ」

自分のものとは思えないあられもない嬌声が、喉から漏れる。

勝手に跳ねる身体に合わせて、ミルクココア色の髪がシーツの上に散らばった。

長く節くれだった彼の指が、蜜口から零れる愛液をすくってはぷくりと膨れた秘芽になすりつける。敏感なそこをくるくると円を描くように弄られる度、モニカは喉を反らした。

丁寧な前戯に、すっかり蕩かされてしまう。

中で優しく動く指が三本に増えた頃には、全身に汗をかいていた。

「……そろそろよさそうですね。我慢できないほど痛かったら、すぐに教えて下さい」

ちゅ、とモニカの額に労りのキスを落とし、彼は言った。

衣擦れの音がしたかと思うと、さらりとした滑らかな肌を全身に感じる。

(私だけが必死で恥ずかしい……)

羞恥を覚えたのも束の間、クライヴにぎゅっと抱き締められ、モニカはまた夢見心地になった。

引き締まった頑強な身体の感触に、多幸感が込み上げてくる。

クライヴは片手でモニカを抱いたまま、ごそごそと右手を動かし、自身を擦り上げた。

何をしているのか分からず、首を傾げる。

大丈夫か尋ねようとしたところで、秘所に熱い昂ぶりを感じた。

ちゅぷり、と淫靡な音を立てて、それは蜜口に沈んでいく。

クライヴはモニカの膝を抱えると、慎重に腰を進めていった。

ぎちぎちと中を埋められていく圧迫感と、内側から引き裂かれるような鈍痛に、頬が引き攣る。

無意識のうちに腰を引こうとしたが、抱え込まれているせいで身動きが取れない。

「うう…っ」

悲鳴を呑み込むので精一杯だ。

先ほどとは違う種類の汗を額に浮かべ、破瓜の痛みに懸命に耐える。

ここで泣きごとを零せば、クライヴは途中で止めてしまうような気がした。

「もう少し、です。大丈夫、ですか？」

背中を丸めた彼が、苦しげな口調で尋ねてくる。

クライヴがここにきて初めて覗かせた余裕のなさに、モニカは驚いた。

狭い膣内は、異物を押し返さんとばかりに収縮している。

もしかしたら、彼もきつくて痛いのかもしれない。

「私は平気です。クライヴこそ、だいじょうぶ？」

心配になってそっと尋ねる。

クライヴは弾かれたように顔を起こした。

薄闇の中、まじまじと見つめられているのが分かる。

モニカの前髪は汗で濡れているし、頬は真っ赤だし、きっとみっともない顔をしている。

それでも、見つめ返さずにいられなかった。

「辛かったら、止めていいんですよ」

「痛いのは、私じゃないでしょう？」

クライヴは泣きそうに瞳を歪めた。

やはり痛いのではないだろうか。

思わず、背中をよしよし、と撫でてしまう。

刹那、切れ長の美しい瞳にサッと何かが走った。

それが何か理解する前に、クライヴはモニカに深く口づけた。

今度は容赦なく舌を捕らえられ、執拗に舐られる。

モニカが応える暇もなかった。一方的に翻弄され、高められる。

気づけば、最後まで貫かれていた。

激しく動く腰に合わせ、舌を強く吸われる。

飲み込めない唾液が、合わさった唇の間から零れていった。

痛いのか気持ちいいのか、もう判別がつかない。

モニカの無垢な身体は開かれ、彼がもたらす強烈な刺激を懸命に受け入れた。

嵐のようなひと時に、クライヴへの愛おしさが募っていく。

これまでモニカがはっきりした想いを口に出したことは、一度もない。

言いたくなかったわけでは決してなく、いい年をした自分には似合わない気がして、恥ずかしかったのだ。

だが、今なら言える気がする。

ようやく離れた唇から引く銀糸をうっとりと見つめ、モニカは口を開いた。

「あなたが好きです。だいすき」

二人を繋ぐ確かな熱に勇気づけられ、愛を告げる。

クライヴはぐっと眉根を寄せ、モニカの鎖骨に噛みついた。

まるで何かを訴えるかのように、同じ箇所を何度も甘噛みされる。

軽く立てられた歯がもたらす絶妙な刺激に、モニカは甘い声を上げた。

こうしている間も、彼の腰の動きは止まらない。

最奥を強く突かれるのは、正直痛かった。

たまらず呻いた途端、クライヴの動きが変わる。

彼はモニカの鎖骨を食むのを止め、腰を軽く引いて、浅い箇所にあるざらりとした部分を執拗に擦り始めた。

このまま続けば、どうにかなってしまうのではないか。

甘く恐ろしい予感に震えた瞬間、クライヴは右手を伸ばし、敏感になった秘芯を指の腹で小刻みに押した。

モニカを追い上げ、終わらせようとしているのだと、本能が察する。

「ひ、ぁ、やぁ、っ」

このままもう少し抱き合っていたいのに。

激しく首を振り、指から逃れようとしたが、無駄だった。

あっけなく絶頂に導かれ、頭が真っ白になる。

爪先を丸め、びくびくと震えるモニカを見て、クライヴは低く毒づいた。

膨れ上がった剛直を素早く抜き去り、右手で握り込むと、激しくしごく。

やがてモニカの下腹部に熱い白濁が飛び散った。

(今の、なに……？　どうして中で出さないの？)

疑問に思ったものの、激しい疲労感に襲われ、意識を保っていられない。

重くなった瞼が閉じる瞬間、クライヴの唇が微かに動くのが見えた。

彼が何と言ったのか分からないまま、モニカは深い眠りに落ちていった。


翌朝──。

モニカが目覚めた時にはもう、クライヴは寝室にいなかった。

落胆しなかったといえば、嘘になる。

優しい彼のことだから、モニカが起きるまで傍にいてくれるのではないかと勝手に期待していた。

しばらく自分しかいない部屋を眺めたあと、起きたのが遅かったのかも、と気を取り直す。

ガウンを羽織り、自室に戻ろうと廊下に出たところで、通りすがりのメイドと目が合った。

掃除をしようとしていたのだろう、はたきを手にした彼女は突然現れたモニカに、目を丸くした。メイドの視線が、モニカの首元に固定される。

(私の首に何かついているのかしら……?)

みるみるうちに赤くなる彼女の頬を見て、モニカはようやく思い当たった。

メイドが見ているのは鎖骨だ。

慌ててガウンの前をかきあわせて隠したが、クライヴの舌と歯の感触まで思い出してしまい、恥ずかしくてたまらなくなる。

「おはようございます、奥様！　あ、あの一度お部屋にお戻り頂けますか？　すぐに侍女殿を呼んで参りますので！」

「え？　あ、はい……」

メイドの勢いに押され、そのまま寝室に戻る。

（そういえば、ネグリジェ姿で歩き回っている奥方様なんて見たことないわ。寝室で着替えを済ませてから移動されていたのね）

未婚のアンジェリカの世話しかしたことがないせいで、うっかりしていた。

この家にも男性の使用人はいる。

彼らに見られなくてよかった、とモニカは今更胸を撫で下ろした。

人に傅《かしず》かれる生活は九年ぶりだ。

使用人時代の癖が抜けるまで、気をつけなければ。

モニカが恥をかくのはいいが、クライヴにまで累が及ぶのは避けたい。

反省しながら、ふと視線を寝台に移し、モニカは悲鳴を上げそうになった。

明るい陽光に照らされた寝台には、昨夜の情事の跡が色濃く残っている。

（ああ、シーツと枕カバーをはがして洗濯室に持っていきたい……！　清潔なシーツに取り替えてアイロンをかけたい……！）

内なる衝動を懸命に堪え、毛布を広げて汚れたシーツを隠すに留める。

これまで自室とアンジェリカの部屋のベッドメイクは、朝一番に取りかかる仕事だった。自身の寝台はともかく、主人の寝台を整える仕事は本来、侍女の職務の範疇外だ。

だがアンジェリカは、モニカ以外の誰も寝室に入れようとしなかった。

メラニーが直接叱ってもアンジェリカは譲らず、結果的にモニカが毎朝、寝台のリネン類を交換していたのだ。

(今朝は、どうしたかしら……。ちゃんと奥方様の言うことを聞いて下さればいいけど)

我儘な元主人に思いを馳せているところに、軽いノック音が響く。

「ドレスを取って参りました、奥様」

どうやらモニカ付きの侍女がやってきたらしい。

ありがとうございます、と咄嗟に言いかけ、慌てて口を噤む。

モニカは姿勢を正し「入って」と鷹揚な声色を作って答えた。

「大変お待たせいたしました。私の独断で三着ほどお持ちしたのですが、どうされますか？　別のドレスがよろしければ、取って参ります」

侍女が抱えているドレスはどれも、首元の詰まったデザインのものばかりだ。メイドから鎖骨に残る痕について聞いたのだろう。

羞恥と安堵の入り交じった気持ちで、侍女が一着ずつ広げてみせるドレスに目を走らせる。

「では、そのクリーム色のデイドレスにするわ。髪と化粧は部屋に戻ってから？」

「奥様のお部屋でももちろんできますが、続き部屋でも仕度を調えることは可能です。鏡台や化粧道具も揃っておりますので、こちらで支度なさっていかれては？」

レンフィールド伯爵夫人がモニカに、と推薦してくれたベテランの侍女は、てきぱきと答えた。生真面目なその態度に、侍女あがりの新たな主人を侮る色はない。

「では、そうするわ」

モニカは立ち上がり、侍女を柔らかく見つめた。

「私のもとへ来て下さって、ありがとう。何かと至らないところがあるでしょうけれど、どうかよろしくね。あなたも困ったことがあったら、何でも相談してね」

心を込めて挨拶すると、侍女は虚を衝かれたように瞬きした。

それから少しはにかんだ表情で「こちらこそ、どうぞよろしくお願いいたします」と丁寧に腰を折る。

これから何かと世話になるだろう彼女とは、良好な関係を築きたい。

彼女だけでなく、この家で働く全ての使用人と仲良くなれたらどんなにいいだろう。

その為の努力は惜しむまい、と心に決めて、化粧室に移動する。

きっと朝食は、クライヴと共に取れるはず。

侍女の手を借りて身綺麗になったモニカは、期待を抱いて食堂へ向かった。

朝食の支度が整った食堂にも、クライヴはいなかった。

一体彼はどこにいるのだろう。

じわりと不安な気持ちが湧いてくる。

入り口付近に控えていた執事は、モニカの姿を見ると丁寧に一礼した。

「おはようございます、奥様。ご主人様に知らせて参りますので、しばらくお待ち下さい」

彼はそう言って、静かに踵を返す。

どうやらクライヴは執事に、モニカが起きてきたら呼ぶよう言いつけておいたらしい。

それからどれだけも経たないうちに、クライヴが食堂に入ってきた。

彼は上機嫌な様子で、モニカの頬に挨拶のキスをしてくる。

「おはよう、奥さん。今日のご気分はいかがですか？」

モニカは途端に明るい気持ちになった。

目覚めた時に一人だったのは残念だったが、彼に悪気はなかったのだろう。

「とてもいいわ。あなたはいかが？」

「最高の気分だよ。分かっているでしょう？」

クライヴは熱っぽい眼差しでモニカを見つめ、昨夜のことを匂わせた。

乱れたシーツが脳裏を過り、頬がカアッと熱くなる。

真っ赤になったモニカに、使用人たちは皆、微笑ましげな表情を浮かべた。

栄養面でも味の面でも、もちろん盛り付けの面でも申し分のない朝食を取りながら、モニカはさりげなくクライヴを見遣った。

彼はいつもの騎士服ではなく、糊のきいたシャツにベスト、そして折り目のついたズボンという恰好でサラダを食べている。王の側近とはいえ、さすがに結婚式翌日は出仕しなくてもいいらしい。

「クライヴさ……クライヴは、いつも朝早いのですか？」

ついつけてしまいそうになる敬称を外し、今朝のことを尋ねてみる。

「そうですね。登城前に軽く走ったり、素振りしたりする癖がついていて。今朝も普段通りの時間に目覚めてしまいました」

自宅でも毎日鍛錬しているのか、とモニカは感心した。

近衛騎士といえば華やかなイメージが先行しがちだが、体が資本であることに変わりはない。城でも訓練の時間はあるだろうに、何とも真面目な彼らしい。

「すごいわ。努力家でいらっしゃるのね」

「そんな大層なことはしていませんよ。それより、寂しい思いをさせてしまいましたか？」

モニカの質問の意図を察したのか、クライヴが心配そうに尋ねてくる。

正直に「そうだ」と答えてしまえば、彼は自分のしたいことを我慢してしまうのではないか。

それは、モニカの望むところではない。

結婚しても、クライヴには今まで通りの生活を送って欲しい。

自分のせいで窮屈な思いをさせるのは嫌だった。

「大丈夫ですわ。あなたに一番に『おはよう』を言いたい時は、早起きすればいいんですもの」

それならいいだろう、とにこやかに伝える。

クライヴは困ったように微笑んだ。

「あなたの睡眠時間を削るのは嫌だな。どうか無理はしないで下さい。仕事柄、急に家を空けたり、帰りが遅くなったりすることもあります。議会が開かれる期間は、城に詰めっぱなしになる。私のことは気にせず、モニカのしたいことをしてもらえると嬉しいです」

「私のしたいことを？」

「ええ。結婚したからといって、無理に私に合わせて欲しくないんです。あなたには自由に過ごして欲しい」

「まあ……」

（私と同じことをクライヴ様も考えていたなんて）

モニカはすっかり嬉しくなった。

互いに束縛する必要のない関係は、成熟した大人らしさに満ちている。

「では、お言葉に甘えさせて頂きますね」

「はい。ですが、お一人で外出される時は、必ず護衛をつけて下さい。それと、家の者にどこへ行くか言い置いて下さるとありがたい」

「護衛を……？」

大抵の貴婦人は、侍女かメイドを伴って出かけていく。

外出する際に護衛をつけるのは王族くらいのものだ。

「国内の情勢が不安定であることは、あなたもご存じですね？　大きな声では言えませんが、陛下に仇なそうと企む勢力があることも否定できません。陛下を守っている私を目障りに思う者もいる、ということです。私自身を狙ってくれればいいのですが、そうでない場合も想定しなければ」

クライヴはこちらを気遣ってか、何でもないことのように話しているが、内容は衝撃的なものだった。

サッと蒼褪めたモニカを見て、彼は手を伸ばしてきた。

スプーンを置き、代わりにその手を取る。

「大丈夫、怖がらないで。万が一にも、あなたに何かあってはいけないと思ってのことです。何者であれ、あなたには指一本触れさせない。私を信じて下さいますか？」

真摯なクライヴの眼差しに、モニカは反射的に頷いていた。

「もちろん信じます」

彼はホッとしたように目元を和らげた。

「よかった……。本当にただの保険なので、あまり気にせず好きな場所へ出かけていって下さいね。ああ、でも危ない場所はいけませんよ？　護衛が止めた場合は、言うことを聞いて下さい」

「分かりました」

「ありがとう。あなたの行動を制限するつもりはないのですが、やはり心配なので」

心配、という彼の言葉に、モニカは舞い上がった。

これほど気遣ってくれるのだ。

たとえ共に過ごせる時間は少なくても、大切に想われているのは間違いない。

「時々は、一緒にお出かけして下さいますか？　お暇な時に少しだけでも」

甘えすぎたかと思ったが、クライヴは「喜んで」と即答した。

「時間が合う時は、どこへでもお伴させて下さい」

当然だといわんばかりの返事に、ねだったこちらの方が気恥ずかしくなる。

「え、っと。ありがとうございます」

頬を染めて俯いたモニカの手を、クライヴは改めてぎゅ、と握り締めた。

◇◇◇

クライヴと暮らし始めて、三か月が経つ。

モニカは穏やかな日々を送っていた。

彼が用意してくれた護衛の出番は、まだない。

そもそも、一人で外出する機会自体がないのだ。

あらかじめ聞かされていた通り、クライヴが家にいる時間はそう多くなかったが、非番の日は一日中モニカの傍にいてくれた。

彼が仕事で家を空ける日は、レンフィールドの義両親のところへご機嫌伺いに行ったり、アンジェリカの相手をしたりと、一人になる暇がない。

朝目覚めた時、夫が寝室にいないことには、もう慣れた。

そもそも、クライヴが夫婦の寝室で休むのは非番の日の夜だけだった。

出仕した日は自室で寝ているらしい。

「帰宅後も神経が昂っているのでしょうか。人の気配があると、よく眠れないのです」

彼は、自室で休む理由をそう説明した。

申し訳ない、とすまなそうに謝られてしまえば「気にしないで」と答えるしかない。

モニカの両親は生前、毎日同じ寝室で休んでいたが、夫婦の形は人それぞれだ。

モニカの父は、国王を護衛していたわけではない。

一瞬の気の緩みさえ許されない仕事に就いていたわけではないのだ。

人の気配があると眠ることができないクライヴを、モニカは気の毒に思った。

もしかしたら、週に一度モニカを抱いて寝る夜も、彼は夫婦の寝室では寝ていないのかもしれない。

早く目覚めてしまう、というのはモニカを傷つけない為の方便で、本当は自室に戻って眠っているのではないだろうか。

毎回疲れて彼より先に寝てしまうモニカに、真実を確かめる術はない。

気になることは、実は他にもある。

クライヴは初夜以来、モニカを抱いても中では決して果てようとしない。

この件については、どう捉えていいのか正直分からなかった。

まだ彼が夫婦二人きりで過ごしたいと思っているからなのか。

それとも、子どもができたら困る事情があるのか。

貴族のならいとして、クライヴの子を産むのはある種の義務だと思っていたが、養子である彼にとっては違うのだろうか。

理由を尋ねてみようとしたことは何度かある。

だが、改まって夜の営みについて切り出すのはどうにも恥ずかしく、結局今まで聞けていない。

恥ずかしさを克服してまで聞こう、と思えなかったのは、尋ねても本音を教えてもらえないのでは？　という疑惑があったからだ。

モニカの妊娠を避ける理由に、彼が養子である事実がかかわっているのなら、彼にとっては『言いたくない話』だ。

一緒に暮らし始める前は分からなかったが、クライヴにはどこか踏み込みがたい部分がある。

モニカを蔑ろにしているという意味では決してない。

彼は常に優しく、親切で、モニカが毎日楽しく過ごせるよう苦心している。

目に見えない線で区切られているような錯覚を覚えてしまうほど、クライヴは完璧だった。

弱音を吐いたり、愚痴を零したりしてくれれば、また違うのかもしれないが、クライヴの口からそうした発言を聞いたことは一度もなかった。

『夫が完璧すぎて困る』だなんて、誰にも言えない悩みだ。

それに、モニカは今の生活に充分満足している。

これ以上を望めば、罰が下る気がして怖かった。


「——今日は何をして過ごしますか？」

朝食後、食堂でクライヴがにこやかに尋ねてくる。

彼から今日は、非番だと聞いている。真面目な彼でも仕事がない日はやはり嬉しいらしく、朝からとても機嫌がいい。

モニカは思案した結果、そうだ、と両手を合わせた。

「クライヴがしたいことはありませんか？　よかったら、私にも付き合わせて下さい」

「私、ですか？」

「ええ。だっていつも、付き合ってもらってばかりなんですもの」

近くの公園まで散歩しに行くことも、大通りまで足を伸ばして文具や雑貨の店を見て回ることも、評判のスイーツを買い求めに行くことも、全部モニカの希望だ。

いつだって彼は、貴重な休日をモニカの為に使っている。

「大切な妻の要望を叶えるのは、私のしたいことでもあるんですけどね」

クライヴは茶目っ気たっぷりな表情を浮かべ、モニカをからかった。

「もう……！　駄目ですよ？　今日は誤魔化されませんから」

「おや、手強い。うーん、そうですね……」

モニカが引かないと分かったのだろう、彼は腕を組んで考え始める。

真剣に思案する彼の凛々しい横顔に、モニカはうっとり見入った。

なんて素敵な旦那様なのだろう。

結婚して以来、百回以上は思っていることを、また心の中で呟く。

やがてクライヴは何かを思いついたらしく、顔を明るくした。

「では、今日はあなたの部屋でのんびりしませんか？　最近あった話を聞かせて下さい」

「そんなことでいいんですか？」

拍子抜けして、思わず問い返してしまう。

クライヴは軽く首を振った。

「二人きりで、一日中、ですよ？　昼食も部屋で取りましょう。並んで座って、色んなことを話すんです。かなり欲張りな要望だと思うのですが」

彼の提案に、モニカの心は大きく弾んだ。

「素敵ね！　願ってもないわ！」

年甲斐もなくはしゃいでしまい、はっ、と声のトーンを落とす。

「ごめんなさい、つい嬉しくて」

恥じ入るモニカを見て、クライヴは切なげに瞳を細めた。

それから、そっと背中を撫でてくる。

しばらく無言で背中を撫でられ、モニカはどうしていいか分からなくなった。

これは一体どういう状況だろう。

「クライヴ……？」

「何でもありません。ただ、可愛いな、と思っただけです」

彼はさりげなく言うと、手を下ろした。

離れた温もりを名残惜しく思いながら、火照る頬に手を当てる。

「え、あ、……はい。ありがとうございます」

「本当にあなたという人は……」

クライヴは呻くように呟き、席を立つ。

それから、座ったままのモニカに手を差し出した。

男性らしい大きな手を見た瞬間、思い出したことがある。

あれは確か、婚約中のことだ。

まるで夢を見ているようだ、と語ったモニカに、クライヴが『どうすれば、現実だと分かって頂けますか？』と尋ねたことがある。

あの時、モニカはこう頼んだ。『では、手を繋いでいて下さい』と。

彼はきっと覚えてはいない。

それでも、こうして度々手を差し伸べ、ぎゅ、と指を絡めて握ってくれる。

それがどんなに幸福なことなのか、モニカには分かっている。

「あなたが大好きよ、クライヴ」

心を込めて伝える。

彼は意表を突かれたように瞬きした。

愛を告げる度、なぜかクライヴは動揺を見せる。

モニカはそれを、恥ずかしいからだと解釈していた。

「ありがとう、モニカ。さあ、行きましょう」

いつになく早口で答えた照れ屋の夫に、モニカはふふ、と笑みを零した。


モニカは自室に入ると、まずは紅茶を淹れる用意をした。

今日は人払いをしているから、メイドに頼むわけにもいかない。

きっちり分量を量って、砂時計が落とす最後の一粒をしっかり確認する。

正しい手順で丁寧に淹れる。それが紅茶を美味しく飲む為の、たった一つのコツだ。

使用人時代に培った技術は今なお健在のようで、薫り高いお茶を淹れることができた。

湯気を立てる茶器をテーブルに置き、クライヴの隣に腰を下ろす。

彼は早速紅茶に口をつけ、ほう、と感嘆の息を漏らした。

「あなたが淹れてくれるお茶が、一番おいしいです」

「そう言って頂けると嬉しいわ」

「お世辞ではないですよ。あなたが紅茶を淹れているところを見たのは初めてですが、所作もすごく綺麗で見惚れてしまいました」

「え、っと……もうどうかその辺で」

心から褒めてくれていることは分かったが、どうにも落ち着かない。

もぞもぞと身動ぎするモニカを見て、クライヴはふは、と笑った。

何のてらいもないその笑顔に、呆気に取られる。

彼が笑うところはもう何十回と見ているはずなのに、まるで初めて見たような錯覚に襲われた。

「モニカは人に褒められるのが、本当に苦手なんですね」

「え、ええ。そうかもしれません」

「かといって、無下にするのも悪いと思うのでしょう？　どうしていいか分からない、と顔に書いてありました」

クライヴは口元に拳を押し当て、何とか笑いを収めた。

それから、温かな眼差しをこちらに向ける。

「すみません、あまりに新鮮な反応で、つい」

新鮮な、という部分に、嫌なひっかかりを覚える。

（一体、誰と比べてそう思ったの？）

口に出しては決して言えないが、モニカの脳裏を過ったのはシャーロット王女だった。

王女はきっと、褒められることに慣れていたに違いない。

クライヴがどれほど賞賛しても「あら、ありがとう」と鷹揚に受け入れたことだろう。いちいち動揺してしまうモニカとは、雲泥の差だ。

ただの主従だったとしても、彼の傍にはずっとあの美しい人がいた。

ちくり、と胸の奥が痛む。

夫の過去に、モニカは初めて嫉妬した。

「……モニカ？　怒らせてしまいましたか？」

黙り込んだ妻が気になったのだろう、クライヴが心配そうな顔で覗き込んでくる。

焦げ茶色の瞳には、こちらを案じる色しかない。

モニカは急に恥ずかしくなった。

何気ない一言を勘繰って捉えた挙句、やきもちを焼くなんて、大人のすることではない。

「まさか。ちょっと反省していたんです」

「そういうつもりで言ったのではありませんよ」

「分かっています。ですが、もっとスマートに振る舞えるようにならないと、あなたにも恥をかかせてしまうわ」

「私のことはいい。あなたには、変わって欲しくない」

いつになく強い口調に、はっと顔を上げる。

クライヴは真面目な顔で「無理して変わる必要はありません」と重ねて言った。

気圧されるようにこくりと頷く。

彼はふ、と頬を緩め、話題を切り替えた。

「今日は私のしたいことに付き合って下さるのでしょう？　早速ですが、あなたの近況を教えて下さい。今週は何を？」

モニカも気を取り直し、記憶を辿っていく。

「何があったかしら……。社交は、スペンス夫人のお茶会に招かれてお家にお邪魔したことくらいです。あとはいつも通り、お義母様の様子を見に行ったり、公爵家にお邪魔したり」

モニカの行動範囲は決して広くない。

真っ先に思いつくのは、ヘイウッド公爵家絡みの出来事ばかりだ。

アンジェリカの我儘ぶりは今なお健在で、暇さえあれば迎えを寄越してくる。

公爵夫妻まで、それを容認、というより歓迎しているのだから、抵抗できない。

最近では、自宅で過ごすよりヘイウッド家のタウンハウスで過ごす時間の方が長いのではないか、と疑ってしまうほどだ。

またアンジェリカは、モニカが呼ばれた催しにしか出席しようとしなくなった。

そのせいで、面識のない貴族からも様々な招待状が届くようになっている。

『あなたはもうわたくしの侍女ではないけれど、貴族社会の一員という同じ立場になったのですもの。わたくしの友人として常に行動を共にするべきだわ』というのが、アンジェリカの言い分だ。

『堅苦しい敬語も、これからはやめてちょうだいね。わたくしたちはもう、対等な関係なのだから』とも言っていた。アンジェリカは『対等』という言葉の意味を知らないに違いない。

彼女の我儘についていては、クライヴも知っている。

「茶会には、アンジェリカ様と一緒に？」

「ええ、もちろん」

顔を顰めて答えたモニカを見て、クライヴは柔らかな笑みを浮かべた。

「そんな風に嫌がってみせても無駄ですよ。本当は、満更でもないのでしょう？」

彼の推量は、間違っていない。

アンジェリカと親しくすればするほど、公爵夫妻は喜ぶのだ。

恩人である彼らの笑顔に、モニカはとても弱い。

それに不本意ではあるが、アンジェリカと過ごす時間も苦ではなかった。

むしろ、変に気を遣わずに済む分、気楽ですらある。

「長い付き合いだからでしょうか。侍女でなくなった今も、なぜか放っておけなくて……」

渋々認めると、クライヴは瞳を和ませた。

「それは、あなたが優しいからでしょう。それと恩を忘れない義理堅い人間だから、かな」

「買いかぶりですわ」

「また照れましたね」

「クライヴ！」

彼の腕をぶつふりをすれば、大げさに「痛い」と顔を顰められる。

「待って、今のは当たっていなかったわ」

「そうでしょうか。では、動いた空気が当たったのかも」

「空気が？」

とんでもない言い分に思わず噴き出してしまう。

くすくす笑うモニカに釣られたように、クライヴも笑い出す。

笑いすぎたせいで眦に浮かんだ涙を指で拭い、モニカは仕切り直した。

「ええと、どこまで話したかしら」

「スペンス夫人の茶会に出たところまでですね」

「ああ、そうでしたわね」

「茶会には他にどんな方が？　公爵夫人も出席されたのですか？」

「ええ、メラニー様もご一緒でした」

クライヴに問われるまま、あれこれと話していく。

彼は、非常に優れた聞き手だった。

どんな些細なエピソードにも、興味深そうに相槌を打ちながら耳を傾けてくれる。

「――ごめんなさい。あなたの前だとすっかりお喋りになってしまうわ」

自分ばかりが話していることを詫び「あなたの近況も聞かせて」とねだる。

「そんなことありませんよ。あなたの話はいつでもとても興味深い」

「そうかしら?」

「ええ。私には話せることがないから、余計にそう思うのかもしれない」

近衛騎士である彼には、城で起きたことのみならず、職務全般において守秘義務が課せられている。今週も仕事しかしていない、と言いたいのだろう。

プライベートな時間はずっとモニカと共にいるのだから、特に話すことがないというのも分かる。

それでも、何でもいいから彼の話が聞きたかった。

「最近の話でなくてもいいんですよ?」

モニカはそう切り出した。

「お仕事の話はしにくいのなら、子どもの頃の思い出話でも――」

我ながら良いアイデアだと、胸が弾む。

今は常に紳士的な彼にも、やんちゃな時期があったのかもしれないと想像するだけで楽しい気持ちになった。

だが、そんなモニカの浮き立った気持ちは、クライヴを見遣った瞬間に霧散した。

彼はひどく不快なことを問われたかのように、眉根を寄せていたのだ。

驚いたのも一瞬、モニカの視線に気づいた彼は、すぐにいつも通りの穏やかな表情を浮かべた。

「楽しい話は、特に何も」

クライヴは明るい声できっぱり言うと、にっこり微笑んだ。

――まただ。

（また、線を引かれた）

モニカは、込み上げてきたやるせなさから、懸命に目を逸らした。

（言いたくないことは言わない人だと、あなたは知っているでしょう？）

自分に言い聞かせ、ぎこちなく笑みを返す。

幸いなことに、諦めるのは得意だ。今回も、仕方ないと割り切ればいい。

クライヴはモニカから視線を逸らし「それに」と続けた。

「あなたとアンジェリカ様の話は、純粋に面白いんです」

からかいを含んだ彼の声色からは、気まずい雰囲気を払拭したい、という強い意思が伝わってくる。

モニカは夫の要望に合わせるべく、思考を切り替えた。

天性のトラブルメーカーであるアンジェリカが引き起こす騒動は、確かに第三者の立場からみれば面白いだろう。

「当人にとっては笑いごとじゃなかったりするんですよ？　それに、お義父様やお義母様に申し訳なくて……。お二方とも何も仰りはしないけれど、気を悪くされてはいないかしら？」

モニカはレンフィールド伯爵家の人間になったというのに、ヘイウッド公爵家の人々と過ごしている時間の方が圧倒的に多い。

義両親的には面白くないのではないかという不安を伝える。

「まさか。私よりも、あなたの方が両親とは会っているでしょう？　何かにつけ気遣ってくれると、母はよく周囲に自慢しているそうですよ」

「それなら、いいのですが……」

ほっと胸を撫で下ろしたモニカは、はた、と気づいた。

今のこの流れなら、自然な感じで質問できる気がする。

「クライヴ様は、あの――……」

ご養子なのですよね、というその一言が、出てこない。

先ほどのようにぴしゃりと打ち返されたら、今度こそ泣いてしまいそうだ。

やはり彼が自分から話してくれるまで待とう、と思い直す。

「なんでしょう？」

クライヴは小首を傾げ、話の続きを待っている。

だが彼の瞳には、どこか身構えたところがあった。

やはり、聞かない方がいい。

モニカは曖昧な笑みを浮かべ、首を横に振った。

「いえ、何でもありません。お義父様もお義母様も、いつもクライヴ様を気にかけておいでですわ。何かのついでにでも是非、お顔を見せに行ってあげて下さい」

「そうですね。父とは城で顔を合わせる機会もあるのですが、母とは最近会えていないので、気にかけておきます」

レンフィールド伯爵夫妻についての話はそこで終わった。

それからも二人は昼食を挟んで、色々な話をした。

といっても、アンジェリカやヘイウッド公爵夫妻絡みの話題が殆どで、クライヴは果たして本当に楽しかったのだろうか、と疑問に思わずにいられない。

夕暮れ時が近づき、一旦お開きにしようと言い出したのはクライヴだ。

「すみません。今日中に片付けなければならない案件を思い出してしまいました。少し出てきますが、夕食には間に合うように戻りますね」

「分かりました。今日は楽しかったです。ありがとう」

「私の方こそ、付き合って下さってありがとうございました。城にいては聞けない話ばかりで、とても有意義な時間でした」

真面目な彼らしい返事に、頬が緩む。

「ふふ、その言い方、まるで聞き取り調査のお仕事みたい」

クライヴは一瞬固まり、じっとこちらを見つめた。

真意を探るような強い視線に、戸惑ってしまう。

「あの、冗談ですからね？」

モニカが念を押すと、ようやくクライヴの表情が和らいだ。

「あまり驚かせないで下さい。あなたとの時間が仕事なわけがない」

「そうですよね、ごめんなさい」

「いえ。では、いってきます」

クライヴはモニカの額に軽くキスをし、足早に部屋を出て行く。

(お仕事絡みの冗談は通じないのね。覚えておかなくちゃ)

一人残されたモニカは、失敗した、と反省した。

クライヴがこの時微妙な反応を見せたのは、苦手な冗談だったからではなく、図星だったからではないか。

そうモニカが疑ったのは、半年後のことだった。

◇◇◇

モニカがクライヴと結婚して、十か月近くが経つ。

その日モニカは、アンジェリカと共にオルコット侯爵が有するタウンハウスに招かれていた。侯爵が主催するガーデンパーティーに出席する為だ。

オルコット侯爵家といえば、名門中の名門貴族だ。

現王妃であるカトリーヌも、この家から出ている。

更に前オルコット侯爵は、軍務卿を務めていた。

『ラースネルの悲劇』で、陣頭指揮を執っていたのが前オルコット侯爵だ。

彼は、掃討作戦による大火で貧民街からも大勢の死者を出した責任を取り、軍務卿の座を降りた。現在のオルコット侯爵は、直接国政にかかわっていない。

王家の忠実な僕《しもべ》たるべき貴族が、力を持ちすぎるのは良くない。

姉であるカトリーヌが王妃であることを鑑み、これ以上中枢にかかわらない方がいいと判断してのことだろう。そうヘイウッド公爵が話しているのを聞いたことがある。

オルコット侯爵は、優れたバランス感覚の持ち主なのだろう。

実の甥にあたるウォーレン王子とも、義理の兄にあたるエドマンド国王とも、つかずはなれずの関係を保っている。

政治にかかわることなく完全な中立を保っているオルコット侯爵が開催したとあり、今日のガーデンパーティーには大勢の貴族が参加していた。

カトリーヌ王妃とウォーレン王子まで、様子を見に来ている。

この場にいないのは、国王とヘイウッド公爵夫妻くらいのものだ。

国王の騎士であるクライヴの姿も、もちろんない。

宰相を務めるヘイウッド公爵は、国王に配慮して出席しなかったのだろう。

出席すれば、ウォーレン王子と顔を合わせることになると察したのかもしれない。

国王の不在を狙って王太子と会った、などと周囲に邪推されれば面倒なことになる。

安全策をとった公爵に倣ったメラニーと違い、アンジェリカはモニカと来ることを選んだ。

モニカが出席したのは、義両親と共に招かれたからだ。

それなのに、結局は義両親ではなくアンジェリカの傍にいる。

「わたくしを一人にする気？」とすごまれたせいだ。

断ってもつきまとわれるだろうと判断したのだが、全く心配ではないといえば嘘になる。彼女に何かあれば一生後悔するくらいには、今も大切な人だ。

アンジェリカは、次々と話しかけてくる男性陣を上手くあしらいながら、瑞々しく咲き誇る花々を眺めている。

今日は、彼女の微笑み一つで婚約者を奪われた令嬢が泣きながら訴えに来ることも、アンジェリカの恋人になれたと勘違いした青年が、他の取り巻きに決闘を申し込むこともなさそうだ。

ふう、と肩の力を抜き、豪勢な食事が並んだテーブルに近づく。

結婚してよかったと思うことの一つは、パーティーで好きなものを食べられることだ。

もちろん食べすぎはよくないが、未婚の時ほど制限されていない。

モニカは給仕メイドから果物のゼリーを受け取り、早速スプーンですくった。

口いっぱいに広がる爽やかな甘さに、思わず頬を緩める。

そこへ、取り巻きから離れたアンジェリカがやってきた。

「幸せそうな顔をして……まったく暢気なものね」

「暢気って……」

レンフィールド伯爵家の一員として必要な挨拶回りは、すでに終えている。

あとは供された食事と見事な庭を楽しみ、適度なところでオルコット侯爵夫人に招待の礼を述べて帰ればいいだけのはず。

「他に何かすることがあったかしら？」

首を傾げるモニカに、アンジェリカは呆れたように両眉を上げた。

彼女はモニカに身を寄せ、小声で耳打ちしてくる。

「会場をよく見てごらんなさいよ。主だった貴族はみな、主催のオルコット侯爵ではなくウォーレン王子に群がっているわ。中立派なんて、聞こえのいい建前ね。このパーティーに来ているのは皆、王太子の支持者だわ」

モニカは小さく息を呑んだ。

信じられない気持ちで、アンジェリカの視線の先を辿る。

（そんな、まさか……）

彼女の言った通り、パーティーの中心になっているのはウォーレン王子だった。

王子を囲む面々は、現在の軍務卿、外務卿、財務卿、と政治の中枢を担う者ばかりだ。巷では国王派とみなされている軍務卿が、跪かんばかりの勢いで王子に話しかけているのを見て、背筋が冷たくなる。

王妃であるカトリーヌはといえば、おっとりとした笑みを浮かべ、重臣に取り囲まれた王子を眺めていた。

アンジェリカに視線を戻し、どういうことかと目顔で問う。

彼女はモニカの腕に腕をするりと絡め、ゆっくり歩き始めた。

傍からは、友人同士で庭を散策しているように見えるだろう。

さりげなく周囲から距離を取り、アンジェリカは囁いた。

「ウォーレン殿下が無血のクーデターを企んでいる、という噂は知っている？」

モニカは内心の動揺を押し隠し、扇を広げて口元を隠した。

「いいえ、初耳だわ。それは閣下から？」

「わたくしの為なら何でもして下さるお友達からよ。父は家族には仕事の話は一切しないわ。

それはあなたも知っているでしょう？」

「ええ、そうだったわね」

懐かしさと、アンジェリカが話そうとしていることへの不安で、複雑な気持ちになる。

「クライヴ様からは何も聞いていない？」

「彼も家では仕事の話はしない人なの」

「あら、彼の場合、秘密主義は仕事に限ったことではないでしょう？」

アンジェリカの嫌味は、いつものことだ。

クライヴが未だに伯爵の養子である件を打ち明けていないことに、彼女はすっかり腹を立てている。

モニカは軽く肩を竦め「それで？」と元の話題に戻した。

アンジェリカは納得がいかないといわんばかりに顔を顰めたが、やがて諦め、続きを話し始める。

「あれは、ただの噂ではないのかもしれないわ。近隣諸国も、陛下が推し進めている純化政策には不快感を示しているそうよ。このままでは我が国は世界から孤立してしまう。そう危惧する者が増えているみたい」

「……そこまで事態は深刻化しているのね」

着飾った人々が楽しげにさざめく光景が、急に空々しいものに見えてくる。

薄氷の上で成り立っている張りぼての平穏は、いつ禍々しい現実に呑み込まれてもおかしくない。そうアンジェリカは言っている。

「一気に深刻化したのは『準フェアフィクス人保護法』のせいね。あの法律が正式に施行される前に、殿下は国王を隠居させたいと考えているのかもしれないわ」

準フェアフィクス人保護法というのは、今年国王が多くの反対意見を押し切り、発布したばかりの新しい法律だ。二年後には正式に施行されることになっている。

新法の内容は、苛烈なものだった。

すなわち、フェアフィクス王国に住むラースネル人から職業選択の自由を奪い、重税を課す代わりに、住む場所を与え、最低限の衣食を保証する。

保護法といえば聞こえはいいが、要は『ラースネル人を一か所に集め、家畜のように管理する』というものだ。

言論の自由も禁止され、体制を批判した者は裁判なしの絞首刑、というおまけもある。

国内のラースネル人たちは、この法律に震え上がった。

不満を表明する為のデモは、もう起こせない。

『ラースネルの悲劇』は、彼らの心に深い恐怖を植えつけている。

生活の全てを捨てて国外に逃げようにも、あらかじめ国境に用意された検閲所で捕まえられ、引き戻される。

他国に迷惑をかけない為の措置だと国王は言っているが、あまりに残酷だ。

モニカとて、諸手をあげてこの新法に賛成しているわけではない。

だが、表立って批判することなどできるわけもない。

モニカの夫は、国王の騎士なのだ。

そこまで考え、ハッとした。

このパーティーには、義両親も来ている。彼らは王太子派ではない。

「ここにいる全員が、殿下の信奉者というわけではないわ。そうでしょう？」

モニカの問いに、アンジェリカは瞳を伏せた。

「レンフィールド伯爵夫妻について言っているのなら、答えは『いいえ』だと思うわ」

彼女の言っている意味が分からない。

混乱のあまりその場に立ち尽くしたモニカの背中を、アンジェリカはそっとさすった。

「伯爵は、ウォーレン殿下の教育係だったのよ。殿下が赤ん坊の頃から大切に見守ってきた。一方クライヴ様は、彼が大人になってから引き取った遠縁の子で、共に過ごした時間はそう長くない。……いざという時にどちらの側につくかなんて、明白ではなくて？」

「もういいわ」

モニカはきっぱり言い放った。

今はとにかく一人になりたかった。

アンジェリカがもたらした情報を、落ち着いて整理したい。

彼女がどういうつもりでこの話をしたかなんて、今は考えたくなかった。

扇をパチリと閉じ、その場を立ち去ろうとしたが、アンジェリカに腕を掴まれる。

華奢な手のどこにそんな力があるのか不思議になるほど、その力は強かった。

「戻ってきて、モニカ」

アンジェリカの声は小さく掠れている。

「巻き込まれたらどうするの。もちろん、今すぐとは言わないわ。時期を見て――」

分かっている。彼女はモニカを守ろうとしているのだ。

王太子が国王に牙を剥いた時、真っ先に危険に晒されるのはクライヴたち近衛騎士だろう。

主を守る為に戦ったのだとしても、政争に負けた方は悪になる。

クライヴが死んでも、生き残っても、モニカは深く傷つく。それをアンジェリカは止めたいのだ。

だが、もう遅い。今更、彼の傍を離れられるわけがない。

モニカはアンジェリカの手を振り払い、まっすぐ彼女を見つめた。

「全ては推測にすぎないわ。あなたの聞いた噂だって、単なるデマかもしれない。もうこの話はしないで。あなたとの友情を終わりにしたくない」

公爵家に戻るつもりはない、と言外に込める。

アンジェリカはぎり、と歯を食い縛った。

「わたくしの言うことよりも、あの男を信じるというわけね。本当のことはあなたに何一つ伝えない、あんな……あんな……」

美しい眦が怒りで赤く染まる。

癇癪が起きる予兆に、モニカは大きく深呼吸した。

外ではさすがに自重すると思いたいが、少し、いやかなり言いすぎてしまった。

モニカは彼女の両手を握り、やんわり力を込めた。

振りほどかれないことに安堵しながら、口を開く。

「私のことを思って言ってくれているのよね？　あなたはいつも、そう。私を守らなきゃ、って、そればかり。出会い方がよくなかったのかしら？」

薄く涙の張った美しい瞳を優しく覗き込み、モニカは微笑んだ。

「ありがとう、アンジェリカ。あなたは私の大切な主人で、かけがえのない友人だわ。だからこそ、分かって欲しい。私はクライヴを愛してる。どんなことがあっても、彼の傍にいたいのよ」

やがてアンジェリカの手から力が抜ける。

「……分かったわ。もう言わない。その代わり、約束して。危ない目に遭いそうになったら逃げるって」

「もちろんよ。私だって死にたくないもの」

当然だ、と言い切ったのに、彼女は疑いに満ちた眼差しでこちらを見つめた。

「どうだか。そもそも、あなたがもっとしっかりしていたら、こんなに気を揉まずに済むんじゃない」

いつもの調子に戻った彼女に、ホッと胸を撫で下ろす。

こんな大勢の人がいるところで癇癪を起こされたら、大変な騒ぎになっていた。公爵夫妻の面目も丸潰れだ。

安心した途端、ドッと疲れが押し寄せてくる。

短時間のうちに、あまりにも多くのことを知ってしまった。

一人になって落ち着いて考えたい、と再び思う。

モニカは、もう少しここにいるというアンジェリカに別れを告げ、義両親とオルコット侯爵夫人に挨拶をして、屋敷を出た。

両親の墓参りをしてから帰ろう、と思い立ったのは、完全に気まぐれだった。

オルコット侯爵家のタウンハウスから墓地まで、そう遠くない距離だったせいもある。

「――ここでいいわ」

墓地から少し離れた場所で、モニカは馬車を操る御者に声をかけた。

「通りの邪魔にならないよう、目立たない場所に移動して待っていて」

付き添いのメイドにも「一人で行きたいの。あなたもここに残って」と言い置く。

メイドは逡巡したが、重ねて頼めば渋々頷いた。

モニカは馬車を降りると、途中の花屋で母の好きな白薔薇を買い求めたあと、墓地に足を踏み入れた。

広大な敷地に他の人影はない。

墓地には独特の空気が流れている、とモニカは常々思っている。

少し湿ったような、かといって不快ではない、小雨に濡れた大樹を思わせる空気だ。

どんなに天気が良い日でも、墓地に足を踏み入れた途端、その湿った空気に包まれる。

沢山の人が涙を零す場所だからかもしれない。

さくさくと地面を踏みしめ、両親が眠る一画へ向かう。

ここへ来るまで色んなことでいっぱいになっていた頭の中が、一歩進むごとに整理されていくのが分かる。

両親の名が刻まれた墓碑の前に立った時には、すっかり凪いだ気持ちになっていた。

モニカは手袋を外し、墓石の上にかかった土埃を払った。

綺麗になった石の上に、ゆっくり身を屈め、花束を置く。

「いつになったら、お父様たちに良い報告ができるのかしら」

モニカは墓前に蹲《うずくま》り、胸の内をそっと明かした。

「あれからもう、だいぶ経つのに、まだ何も終わっていないみたい。悲劇は続いていて、皆が平穏に暮らせる日は遠いままよ。……ねえ、お父様。陛下はどうしてあんなにラースネル人を憎むのだと思う？」

言葉にして、初めて気づく。

アンジェリカから例の噂を聞いたモニカの心に、わだかまりとして残ったのは『疑問』だった。

エドマンド王が実の子を含む多くの人間を敵に回してまでも、異民族を排除したい理由を知りたい。『ラースネルの悲劇』に対する思いも、結局はそこへ帰結する。

なぜ、あの日あの場所にいた人々は、死なねばならなかったのか。

なぜ両親は、死なねばならなかったのか。

「差別主義者だからだとしても、ではなぜそんな思想を抱くに至ったのかしら。答えが出ないことは重々分かっているけれど、それでも考えずにいられないわ。他者をその血で差別する人と、しない人。その分岐点は、一体どこにあるのでしょうね」

冷たい墓石に手の平を押し当て、モニカは瞳を伏せた。

毎晩絵本を読んでくれた母の柔らかな笑み。

モニカを軽々と抱き上げた父の頼もしい腕の感触。

両親が毎日のように贈ってくれた『愛してる』の言葉。

とめどなく溢れてくる温かな思い出に、モニカは小さく息を吐いた。

両親を想う時はいつも、懐かしくて恋しい気持ちになる。

彼らを死に追いやったものへの憎しみや怒りの入る余地は、そこにない。

ただ両親にまた会いたいという気持ちだけが胸を占める。

以前、クライヴはそんなモニカに、信じられない、という顔をした。

いつか彼にも分かってもらえる日が来るだろうか。

大切な人を喪《うしな》った悲しみと、大切な人を奪ったものへの怒りは別の箱に入っていて、分けることができるのだと。

ふわり、と風が吹き、ドレスの裾をはためかせる。

そろそろ戻らなくては――。

モニカは名残惜しい気持ちで手袋を嵌め直し、立ち上がった。

何の気なしに周囲を見渡すと、墓地の奥へ向かっていく黒っぽいコートを羽織った男の後ろ姿が見えた。墓参りに来たのだろう、右手には白百合の花束を提げている。

静まり返った広い墓地に今いるのは、モニカとその男だけだ。

何となく親近感を覚えたモニカはその場に立ち止まり、男を見送った。

そうしてじっと見つめているうちに、男の背恰好に既視感を抱く。

(……まさか、ね。クライヴに似ている体格の人なんて、大勢いるわ)

そうは思ったものの、どうしても気になってしまう。

追いかけて声をかける……？

いや、駄目だ。別人だった時が恥ずかしすぎる。

モニカは迷った結果、こっそり先回りをすることにした。

まずは一番近い出口から、墓地の外に出る。

それから、墓地をぐるりと囲むように通っている小道に入り、彼が向かっていた方へ早足で向かった。

(そろそろ追い抜けたかしら)

途中から駆けたせいで、立ち止まった時には軽く息が切れていた。

呼吸を整えながら近くの樹に隠れ、そっと墓地の通路を覗き込む。

男を追い抜くことはできなかったが、追いつくことはできた。

かなり距離はあるが、モニカが彼の横顔を見間違うはずがない。

まるで別人のように厳しい表情を浮かべていたが、黒っぽいコートの男は、クライヴだった。

(どうして彼がここに……？)

一体誰の墓に参りに来たのか、見当もつかない。

この墓地には、何度か二人で足を運んでいる。

彼はいつもモニカの両親の墓参りに付き合うだけで、他にも参りたい墓があるような素振りは見せなかった。

なぜ、教えてくれなかったのだろう。

それとも、誰かに頼まれて代理で墓参したのだろうか。

――『あら、彼の場合、秘密主義は仕事に限ったことではないでしょう？』

アンジェリカの声が脳裏を過る。

そうだ。

彼は言いたくないことは、決して言わない人だった。

そういう人だと承知の上で結婚すると決めたのだから、傷つく必要はどこにもない。

膝が小刻みに震えるのは、パーティー用の華奢なブーツで急に走ったからだ。

モニカはたまらず樹の幹にもたれかかり、目を閉じた。

互いに何でも打ち明け合う夫婦になりたいと思うのは自分の一方的な願望で、クライヴの考えはまた違う。

ただそれだけの話だ、と自分に言い聞かせる。

以前、彼の子ども時代の話を聞いて、一線を引かれた時もそうだった。

あの時と同じように気持ちを立て直せばいい。

頭では理解できるのに、今日に限って胸のざわめきが消えてくれない。
（……このまま本当にクーデターが起きたら、どうなるのかしら）
そんな疑問がふと浮かび、心の真ん中に居座る。
クライヴは生き残ることができたとして、何があったかモニカに話すだろうか。
生き残れなかった場合は、誰から夫の訃報を聞くのだろう。
大切なことは何一つ知らないまま、別れは来てしまうのかもしれない。
——それだけは、嫌だ。
モニカは、込み上げてくる熱い塊を懸命に呑み込んだ。
まだ、間に合う。
勇気を出して踏み込んでみれば、何かが変わるかもしれない。
ぐ、と腹の底に力を入れて、木陰から出て行く。
立ち止まっていたせいで、クライヴの姿は見えなくなっていた。
だが、この先は行き止まりのはず。
モニカは小道から再び墓地に入ると、彼が向かった先へと進んだ。
しばらく歩いたところで、はっ、と足を止める。
クライヴはもうそこにはいなかった。
供えられた白百合の花束だけが、先ほど見た彼が幻ではなかったことを証明している。

【我が愛しき民よ、安らかに眠れ】

墓碑に刻まれたエドマンド王の弔辞を、呆然と見つめる。

夫が花を手向けたのは『ラースネルの悲劇』に巻き込まれて亡くなったフェアフィクス人の為の慰霊碑だった。

ここに眠るのは、あの日貧民街で焼死した者たちのはず。

（クライヴ。あなたは一体、誰に会いに来たの……？）

大きな慰霊碑を見上げ、モニカはしばらく立ち尽くした。


――墓地で目撃したことを、どうしても確かめたい。

モニカはその夜、クライヴを起きて待つことにした。

一人で夕食を取ったあと、夫が帰ってきたら知らせてもらえるよう執事に頼んでから自室に引き上げる。

モニカはソファーに座り、アンジェリカに借りた本を開いた。

夕食時まで戻らない場合、クライヴの帰りはかなり遅くなる。

読書でもして時間を潰そうと思ったのだが、まるで内容が頭に入ってこない。

同じページの同じ行を何度も読んでいることに気づいたモニカは、本をテーブルに戻し、低

ちかなり、と落ち着かない気持ちで部屋をうろつく。

時計を何度も確認したり、窓辺に近づいてはカーテンの隙間から下の道路を覗いたり、と落ち着かない気持ちで部屋をうろつく。

ようやく自室の扉がノックされた時には、心底ホッとした。

飛びつくように扉を開ける。

勢いよく開いた扉に目を丸くしたのは、執事ではなく、クライヴだった。

「ただいま、モニカ。こんな時間まで起きているなんて、珍しいですね」

帰宅して真っ先に来てくれたのだろう、彼はまだ騎士服のままだ。

食事や風呂を後回しにさせてしまったことに気づき、居たたまれなくなる。

「おかえりなさい、クライヴ。それと、ごめんなさい。急に話があるなんて言って」

「いいんですよ。何か話したいことがあるのでしょう？」

クライヴは気にした様子もなく、部屋に入ってくる。

彼は明日も仕事のはずだ。早く休ませてあげなければ。

今夜のところは、墓地にいたことだけ確認しよう、とすぐに本題に入る。

「今日、あなたを見かけた気がしたんです」

クライヴは意表を突かれたように瞬きした。

しまった、これでは説明が足りない。

補足しようとしたモニカより先に、クライヴが口を開く。

「今日は確か、オルコット侯爵のガーデンパーティーに招かれていたのでしたね。あなたが見たのは、私ではないと思いますよ。今日は一日城から出ていませんから」

モニカは信じられない気持ちで、まじまじと彼を見つめた。

「え……、あの、でも――」

「見かけたのは、ガーデンパーティーで？　それとも行き帰りの馬車の中からでしょうか。どちらにしろ、私ではありません。家を出てから戻ってくるまで、私は城から動けませんでした」

クライヴは悪びれない様子で言い切った。

彼の態度に不自然なところはなく、モニカも自分の目で見たのではなかったら、そのまま信じたに違いない。

だが、確かにあれはクライヴだった。

（……私は、嘘をつかれたの？）

じわじわと現実が心に染みてくる。

認めたくないが、そうだ。クライヴはモニカに嘘をついた。

言いたくないことを言わないことと、嘘をつくことは、大きく違う。

彼が嘘をつける人であれば、王女との件だって嘘かもしれない。

クライヴがモニカに告げた言葉の全てが、嘘である可能性も出てくる。

なんと答えればいいのか、どんな顔をしていいのか、分からない。

「そんなに似ていましたか？ それとも、それほど私に会いたいと思ってもらえた、ということでしょうか？」

動けなくなったモニカをからかうように、彼は言った。

「……そう、かもしれません」

ぎこちなく頷き、同意する。

これ以上の問答は無意味だ、と嫌でも分かってしまった。

彼は墓地へ行ったことをモニカに隠したいのだ。

食い下がったところで白を切るだろうし、そもそも詰問したいわけではない。

「誤解が解けてよかった。では、私は汗を流してきますね。もしまだ起きているようなら、一緒に軽く飲みますか？」

クライヴが、非番でない日に飲酒に誘ってくれたのはこれが初めてだ。

墓地での出来事がなければ、モニカは喜んで誘いに乗っただろう。

だが今は、柔らかくこちらを見つめる彼の瞳を、これ以上直視できない。

「いえ、実はとても眠くて……」

モニカはきつく胸を押さえ、ふにゃりと眉を下げる。

「それはいけない。遅くなって申し訳ありませんでした」

クライヴはモニカの額に軽く口づけ「ゆっくり休んで下さいね。おやすみなさい」と囁いた。

労りを含んだ甘い声に、たまらなくなる。

いつだって妻に優しい完璧な夫。それがクライヴだ。

誰に聞いても、そう答えるだろう。

モニカも、今日まではずっとそう信じていた。

幕間～クライヴ・ハンクスの誤算

(――失敗した)

クライヴは低く舌打ちし、足早に階段を下りた。

モニカがクライヴの帰りを待っていたのは、今夜が初めてだった。

起きて待っていれば、夫は自分の相手をしなければならなくなる。疲れて帰ってきた夫を煩わせるのは忍びない。彼女はきっとそんな風に考えているのだろう。

何につけても、クライヴを自身よりも尊重しようとする女。それがモニカだ。

そんな彼女が『話したいことがある』と言って待っている。

帰宅直後、そう執事から聞かされたクライヴは、焦った。

(パーティーで何かあったのか？　誰かに酷い目に遭わされたんじゃないだろうな)

たとえば、侍女でありながら理想的な夫を捕まえたモニカを妬む女や、結婚してから一気に美しくなったと評判の彼女を邪な目で見ている男に。

嫌な想像が、次々に湧いてくる。

（アンジェリカは一体、何をしていたんだ！）

番犬よろしくモニカにまとわりついている女に八つ当たりをしながら、彼女の部屋へと急ぐ。

そうして柄にもなく慌てたせいで、執事からの報告を受けるのを後回しにしてしまった。

クライヴは一階に下りると、まっすぐ執事の私室へ向かった。

彼はこのタウンハウスにおいて、クライヴの真の目的を知っているただ一人の同志だ。

モニカの行動の全てを把握する必要性を、彼だけは正確に理解している。


「妻の今日の行動は？」

単刀直入に切り出せば、執事は怪訝そうに眉根を寄せた。

一体モニカと何があったのか、と言いたげな彼を目顔で促す。

執事は気を取り直したように姿勢を整え、報告を始めた。

「午前中はお部屋でパーティーの支度をなさっていました。午後からはオルコット侯爵家主催のガーデンパーティーに、本家の旦那様と奥様と共に出席。パーティーではヘイウッド家のアンジェリカ様とご一緒におられたそうです」

「帰りは？」

「予定通りのお時間に戻られました」

「どこにも寄らずに、か？」

執事は、ハッと目を見開いた。

それから顔を顰めて、一礼する。

「付き添いを務めたメイドに確認して参ります」

彼はモニカが予定通りの時間に戻ったことで、直帰したと思い込んだのだろう。

部屋を出て行こうとする執事を、クライヴは「明日でいい」と引き留めた。

「この時間なら、もうメイドも寝ているだろう。わざわざ起こして問えば、妻の耳にも入るかもしれない」

「申し訳ございません。では明日それとなく確認し、改めて報告いたします」

「そうしてくれ」

部屋を出て、大きく溜息を吐く。

堅苦しい騎士服の首元を乱暴に緩めながら、クライヴは自室へ向かった。

――『そう、かもしれません』

ぎこちなく微笑んだモニカの顔が、脳裏から離れない。

深く傷ついたことがよく分かる表情だった。

クライヴとは違い、腹芸とはまるで無縁の女だ。

何を考えているかなんて、観察するまでもなく分かってしまう。

モニカは夫の言い分が偽りだと知っていた。

知った上で、クライヴの言葉を受け入れたのだ。

(あんな顔をさせるくらいなら、認めてしまえばよかった)

ぎり、と奥歯を噛み締める。

彼女がどこでクライヴを見かけたのかはまだ分からないが、一日城にいたというのは嘘だ。

慰霊碑に花を供えに行った時か、それともウォーレンが使う密偵と接触した時か。

どちらにしても、外出した事実を認めた上で、それらしい言い訳をすればよかった。

普段は自分でも嫌になるほど冷徹に状況を判断する頭が、モニカを前にすると途端に鈍るようになったのはいつからだろう。

少なくとも、昨日今日の話ではない。

今夜もそうだ。

どこか思いつめた眼差しで『今日、あなたを見かけた気がしたんです』と言われた瞬間、クライヴは『嫌だ』と思ってしまった。

彼女には、何一つ知られたくない。

最後まで優しく完璧な夫のままでいたい。

腹の底から突き上げてきた強烈な切望に突き動かされ、気づけば悪手を選んでいた。

「――……どうしようもないな」

は、と乾いた自嘲の笑みが零れる。

どれほどモニカに優しくありたいと願っても、クライヴが彼女を決定的に傷つける結末は変わらない。

シャーロット王女を言葉巧みに誘惑し、王女付きの騎士という立場を手に入れた時も、予想外にこちらに夢中になった王女を切り捨て、国王付きの騎士になった時も、クライヴの心はぴくりとも動かなかった。

目的を果たす為なら、誰を巻き込もうが、傷つけようがどうでもよかった。

今になって、どこにでもある平凡な幸せを惜しむなんて、馬鹿げている。

彼女と過ごす穏やかな時間を手放したくないと思うだなんて——。

自室に入り、扉を固く閉じる。

(そうだ、馬鹿げている)

クライヴは扉に背中を預け、己にきつく言い聞かせた。

モニカがクライヴのついた嘘で傷つこうが、どうでもいいはずだ。

胸をざわつかせているこの感情の正体は、罪悪感ではなく、下手を打ったことへの後悔でなければならない。

今の段階で不信感を抱かれ、距離を置かれるのは困る。

彼女にはまだ役に立ってもらわなければならないのだから。

モニカと話した夜から三日が経つ。

今日は、ウォーレンからの定期連絡を受ける日だ。

月に一度の定期連絡では、王子と直接話すこともあれば、代理人と情報交換することもある。どちらになるのかは、実際その場に行くまで分からない。

クライヴは城での勤めを終えたあと、従者に「友人の相談に乗ってくる」と告げた。

「というわけですので、先に戻っていて下さい。夕食はいりません」

そこまで言って、少し考える。

モニカとはあれから一度も二人で話していない。

手遅れにならないうちに、どうにかして彼女のわだかまりを取り除いておかなければ。

「それと妻に、それほど遅くはならないと伝えてもらえますか？　起きて待っていて下さると嬉しい、と」

気の重さを笑顔で隠し、従者に伝言を頼む。

使用人にも丁寧な物腰を崩さない主人に、従者は嬉しそうに頷いた。

「必ずお伝えしますね。きっとお喜びになります」

従者だけを乗せた馬車を見送ったあと、クライヴは脇道に入り、物陰で騎士服の上着を脱いだ。

代わりにシンプルなジャケットを羽織り、整えてあった髪を無造作に崩す。

ネクタイを外し、首元まできっちり留めたシャツのボタンを二つ開ければ、王の騎士には見えなくなる。

裏道へ抜けると、壁にもたれて新聞を読んでいた男がちらりとこちらを見た。

男は身を起こし、何気ない足取りでこちらに向かってくる。

クライヴはすれ違いざま、男から度の入っていない眼鏡と小さく畳まれたメモを受け取った。

さりげなくその眼鏡をかけ、素早くメモに視線を走らせる。

メモに書かれた住所に向かって、クライヴは悠然と歩き始めた。

指定された場所は、下町の中でも寂れた一画にあるバーだった。

「——いらっしゃいませ」

閉店中のプレートがかかった扉を押し開けると、店の奥から爽やかな声が飛んでくる。

小汚い店構えからは想像できないほど、店内は綺麗に清掃されていた。

カウンターではバーテンの恰好をしたウォーレンが、グラスを磨きながら微笑んでいる。

王子にはとても見えないが、だからといってこんな綺麗な顔をした従業員がいるものか。

顔を顰めたクライヴを気に留める風もなく、ウォーレンは暢気な口調で話しかけてきた。

「顔を合わすのは、三か月ぶりかな。元気にしていたかい？」

淡い金色の髪をきっちり後ろに撫でつけ、エメラルドグリーンの瞳を煌めかせた男は、どうやらこの状況を楽しんでいるらしい。

「……誰も止めなかったのか？」

「あれ？　似合ってない？　皆、絶賛してくれたのに」

「そういう問題じゃない」

はあ、と聞こえよがしな溜息を吐き、カウンターに座る。

「ご注文はどうなさいますか？　さすがにカクテルは作れないけど、蒸留酒くらいは出せるよ」

ウォーレンはすっかり興が乗っているようだが、生憎ごっこ遊びに付き合えるほど楽しい気分ではない。

「水でいい」

そっけなく答え、カウンターに片肘をついた。

「はいはい。えらくお疲れの様子だね。可愛い奥さんと何かあった？」

「……は？」

思わず低い声が出る。

「ああ、図星か」

ウォーレンはくすくす笑うと、水の入ったグラスをクライヴの前に置いた。

「君の奥さん、パーティーではいつもあのアンジェリカ嬢と一緒だから目立たないけど、綺麗な人だよね。結婚してから急に色っぽくなった、と評判みたいだよ。あのクライヴ・レンフィールドを夢中にさせてる女性だという付加価値もあるのかな。お近づきになりたがってる男が結構いるらしい。知ってた？」

からかう気満々の視線を受け流し、水で喉を潤す。

「ああ。だが、誰も成功していない。下心に気づいてさえもらえていないいんだから、ご苦労なことだ」

ウォーレンはぱちぱち、と瞬きして、小首を傾げた。

「おや、知ってたのか。……じゃあ君の不機嫌の理由は、別にあるんだね」

クライヴはグラスをカウンターに戻し、ちらりと扉の外を窺った。

店の前に人の気配はない。裏手にはウォーレンの護衛が詰めている。

誰にもつけられずに済んだということだ。

「もういい。本題に入ってくれ」

クライヴが促すと、ウォーレンは苦笑を浮かべる。

「今の話も、時間稼ぎってわけじゃないんだけどな」

「俺が聞きたい話じゃない」

「分かったよ」

ウォーレンはカウンターの内側に置かれたスツールに腰掛け、表情を改めた。

「作戦は順調に進行中。いよいよ大詰めってところかな。主要な貴族たちの本音は把握できたし、宰相閣下を除く重臣は全員、私を支持すると約束してくれた。残るは、ヘイウッドだけだ」

「宰相一人くらい、何とかならないか」

無視して動いてはどうだ、というクライヴの提案に、王子は緩く首を振る。

「駄目だよ。ヘイウッドが父への忠誠を貫く姿勢を見せれば、翻意して彼に追従する者が必ず出てくる。それでは、無血では済まなくなる。一人でも犠牲を出せば、私の主張は実を伴わないものになり果てる。私が新たな王として立つ為には、父との違いを明確に打ち出す必要があるんだ」

ウォーレンの主張は、彼と初めて会った時から変わっていない。

無血でクーデターを成功させる。――その為に、ウォーレンは辛抱強く準備を整えてきた。最終目的こそ違うが、それはクライヴも同じだ。

クライヴが持ち前の運動神経を生かし、貧民街出身でも入所可能な兵士養成所の門をくぐったのは、十六歳の時だった。

それから四年。真面目に訓練を重ねたクライヴは優秀な成績を収めて養成所を卒業し、王都の警邏隊《けいらたい》に配属された。

貧民街出身の男が望みうる、最高の職にありつけたのだ。

警邏隊には独身寮があり、そこに住むことで生活費を節約できる。

これでようやく、家族に楽をさせてやれる。

父には楽な仕事に替わるよう言おう。皆にもっとましなものを食べさせて、たまには綺麗な服を着せてやりたい。——ささやかな夢に胸をふくらませたクライヴは、夢を叶える前に地獄に突き落とされた。

『ラースネルの悲劇』が起きたあの日、両親と弟妹は無残に焼き殺されたのだ。

家族を奪われたあと、クライヴが真っ先にしたのは、放火の犯人を捜すことだった。

国王の命だったことが判明してからは、エドマンド王をこの手で殺す為、己の刃を研ぐことに専心した。

国王に近づく機会を虎視眈々と狙っていたクライヴにチャンスが巡ってきたのは、二十四歳の時。

王都で開かれる武芸大会の褒美を、国王が直々に手渡しするという話を聞いた時だ。

千載一遇の機会だと、クライヴは奮い立った。

大会で優勝すれば、表彰式で国王と接近できる。

ボディチェックで武器は取り上げられるだろうが、近づけさえすれば、素手でも殺しようはある。

殺気を漲らせ、次々と勝ちあがっていくクライヴに声をかけてきたのが、ウォーレンだ。

『君、父に焼かれた貧民街の出身だってね。目的は、復讐かな？』

決勝戦の直前、出番を待つクライヴのもとへ一人で乗り込んできた王子は、単刀直入にそう切り出した。

とっさに剣を抜いて首に突きつけたものの、王子は微動だにせず、ただ微笑んだ。

『もしもそうなら、私と君は志を共にする仲間だ。それとも息子の首で我慢して、君もここで死ぬ？』

ウォーレンが言い放つと同時に、彼の護衛たちが踏み込んでくる。

クライヴはしばらく逡巡したあと、剣を下ろした。

この時はまだ、半信半疑だった。王子の言葉に従ったのは、ここで死ぬわけにはいかないと判断したからにすぎない。

ウォーレンを信じてもいいと思ったのは、レンフィールド伯爵に引き合わされた時だ。

『今日から君は、クライヴ・レンフィールドだよ。伯爵子息として社交界に出てもらうから、そのつもりで。まずは私の妹を口説いてもらおうかな。君のその恵まれた容姿を利用しない手はないだろう？』

にっこり笑ってそんなことを言う彼から嗅ぎ取ったのは、確かに同類の匂いだった。

目的の為なら手段を選ばない下衆な男。

自身と王子の共通点を見出したクライヴは、彼の手を取ることにしたのだった。

あれから五年。クライヴはウォーレンの指示通りに動いてきた。

こうなったら最後まで従うしかない。


「……俺はどうすればいい？」

「ヘイウッドと接触して欲しい」

ウォーレンは迷いのない口ぶりで答えた。

「具体的には？」

「君の奥さんのお陰で、アンジェリカ嬢の交友関係についても把握できたからね。彼女の取り巻きのうちの何人かに、私が無血のクーデターを企んでる、って噂を吹き込んでおいたんだ。三日前に、叔父上が主催するガーデンパーティーがあったんだけどね。そこで、噂を裏打ちするような行動を取っておいたよ。アンジェリカ嬢は賢い女性だ。私がわざと噂を流した可能性について考えた上で、父君であるヘイウッドに告げると踏んでいる」

ウォーレンの話に、クライヴは目を見開いた。

アンジェリカが噂の話をする相手は、おそらくヘイウッド公爵だけではない。

彼女ならきっと、モニカにも同じ話をする。

パーティーで同伴していたのなら、その場ですでにモニカには告げたのかもしれない。

王太子が国王へのクーデターを企んでいる。――その話を聞いたモニカは、どう思っただろう。愛情深い彼女が、危険な状況に置かれた夫の身を案じなかったとは考えにくい。

だからモニカは、帰りに墓地に寄ったのだ。

両親の墓参をすることで、動揺を鎮めたかったのだろう。

執事の報告を聞いて疑問に思った点が、ようやく線で繋がっていく。

そしてその墓地でモニカは、クライヴの姿を見かけた。

彼女は、クライヴが花を供えた先に気づいただろうか。

普段は決してこちらの事情に踏み込んでこないモニカが、どんな思いであの話を切り出したのか。彼女の心情を想像すると、とうに捨てたはずの良心が激しく痛む。

きつく拳を握り締めたクライヴに気づき、ウォーレンは瞳を瞬かせた。

「なに？　何かまずいことでもあった？」

少し躊躇ったあと「いや」と首を振る。

これでよかった。

クライヴはそう考えようと試みた。

モニカにしたって、ある日突然夫が死んだと知らされるより、先に心の準備ができる方がいい。クーデターの噂は、彼女にクライヴとの死別の覚悟を要求したはずだ。

夫を亡くしたモニカには、まとまった財産が入るよう手配してある。クライヴが今まで稼いできた金全てと、ウォーレンからの報酬。

レンフィールド伯爵にも、自分にもしものことがあったらモニカの後ろ盾になってくれるよう頼んである。

彼女は裕福な未亡人として、新たな人生を送ることができるだろう。

それでいい。計画通りで、何の問題もない。

「本当に大丈夫かい？　顔色がよくないよ」

「大丈夫だと言っている。続けてくれ」

頑なに言い張ると、ウォーレンは肩を竦めて話を再開した。

「アンジェリカ嬢からクーデターの噂を聞いたヘイウッドがもしも父につくのなら、近いうちに行動するだろう。君には、引き続き父の周辺を見張って欲しい。三か月後には、アンジェリカ嬢の誕生パーティーがあるよね。娘の誕生会にはいつも、ヘイウッドは親しい友人だけを招くんだ。君なら奥さんの同伴で潜り込めるはず。可能なら、そこでヘイウッドの真意を探ってくれ。私との橋渡しをしてくれたら、最上だ」

ウォーレンの指示に、クライヴは戸惑った。

王子との橋渡しを試みる、ということは、クライヴが王子側の人間であることを明かすということだ。もしも宰相が国王側の人間なら、翌日には近衛騎士の任を解かれることになるだろう。

それではもう、国王の動向を見張ることはできない。

「いいのか？　博打になるぞ」

「いいよ。もう時間がない」

飄々としているように見えるが、さすがのウォーレンも焦っているのだろう。

クライヴは頷き、彼を見つめて念を押した。

「宰相が王を支持しないと判断できたら、お前は動くんだな？」

「ああ、すぐにでもね。あんな馬鹿げた法律を施行させるわけにはいかない」

ウォーレンの瞳に決意の炎が揺らめく。

「分かった。なら、王につくと分かった時点で、宰相には消えてもらう」

クライヴも決意を込めて答えた。

病死に見せかける毒薬なら、すでに入手してある。

実際に使ったことはないが、使うのなら宰相になるだろうという予感はあった。

ウォーレンとクライヴの前に立ちはだかる最後の障害は、彼だろうと。

この薬を使えば、さほど苦しまずに死なせることができる。

国王に使うという選択肢は、はなからなかった。

あの男にふさわしいのは、安らかな死などではないからだ。

宰相がモニカに向ける温かな眼差しには、尊敬を抱いている。

旧友の忘れ形見というだけであれほどモニカを大事にできる彼は、素晴らしい人間だ。そう心から思う。

だが、あの男の味方をするというのなら、排除しなければならない。

それでメラニー夫人や子どもたち、そしてモニカがどれほど悲しもうと、やり切らなければ。

黒焦げになった両親と妹、そして井戸に頭を突っ込んだ弟の姿を思い浮かべる。

彼らの無念を晴らせるのは、クライヴだけだ。

「私は、一人の犠牲も出せないと言ったはずだよ？」

ウォーレンの静かな声に、唇の端を曲げる。

「ああ、お前はな？　だが俺は違う。一人も二人も同じだ」

どうせ国王は殺すのだから、と言外に含ませる。

国王の暴走を止められなかったこと自体が、宰相としての彼の罪なのだと心の中で言い訳を重ね、己の決断を正当化しようとする。

ウォーレンは困ったように眉尻を下げた。

「せめて全部終わるまでどこかで保護するとか、そういう風にはできない？　ヘイウッドは有能な男だ。この先も私の傍で働いて欲しいと思っている。それに、これは君の為の提案でもある」

「……俺の為？」

本気で意味が分からず問い返すと、ウォーレンはやれやれと首を振った。

「モニカ嬢に近づき、ヘイウッドを探るように指示したのは、確かに私だけどね。結婚しろとまでは言ってない」

「急に何の話だ」

「いいから、聞けよ」

ウォーレンはカウンターに身を乗り出し、クライヴをじっと見つめた。

「彼女はただの侍女だった。ヘイウッド夫妻がどれほど可愛がっていようが、一介の使用人だ。たとえ深い仲になったとしても、責任を取らずに別れることはできた。そうだろう？」

クライヴは呆気に取られて彼を見つめ返した。

ウォーレンはモニカとの結婚に反対だったのだろうか？

そうだったとして、なぜ今になって、すでに終わったことを掘り返そうとするのか。

彼は答えを聞くまで引き下がらない、といわんばかりの真剣な表情でこちらを見ている。

クライヴは眉間を揉み、溜息交じりに答えた。

「彼女はそういう女じゃない」

「そういう、って？」

「遊びで男と付き合えるような女じゃないという意味だ。真面目すぎるし、欲がなさすぎる。だから――」

「仕方なく結婚した、と？　まさか。君なら親しい友人のふりをして、彼女の懐に入ることだってできたはずだ」

「……何が言いたい」

いい加減、苛々してくる。

今夜は起きて待っていて欲しい、とモニカに伝えたことを思い出し、クライヴは席を立った。

彼女はきっと今頃、気を揉んでいる。

部屋をうろうろしたり、窓から外を覗いたり。

おそらく三日前もそうしてクライヴを待っていたのだろうと思うと、居ても立ってもいられなくなる。

「悪いが、計画に関係ない話には付き合えない」

そう言い置いてカウンターから離れようとした途端、ウォーレンは嘲るように言い放った。

「いい加減、認めたら？　君は、彼女と家族ごっこがしたかったんだろう？」

「……なんだと？」

ゆっくり王子を振り返り、ひたと見据える。

（言うに事欠いて、家族ごっこ、だと？）

軽々しく触れられたくない領域に、彼は土足で踏み込んできた。

ふつふつと腹の底から怒りが湧いてくる。

カウンター越しにウォーレンの胸倉を掴み上げ、思いきり殴りつけたい。

暴力的な衝動を懸命に堪え、クライヴは拳を握り締めた。

殴るのが無理なら、戯言だと捨て置いて踵を返せばいい。

頭では分かっているのに、なぜか足が縫い止められたように動かない。

「モニカ嬢が君の外見や地位だけに興味を示すような女性だったら、君はいつもの手管を使って篭絡しただろう。だが、そうじゃなかった。純粋な彼女を見て、君は何を考えた？　彼女と夫婦になって、ひとときの安らぎを得たいと思ってしまったんじゃない？　君を一心に慕う可愛い奥さんと過ごす時間は、さぞ心地よいのだろうね。それはなぜか考えたことはある？」

ウォーレンの言い分は、推測の域を出ない稚拙なものだ。

だがその推測は、クライヴがあえて目を背けてきた本音を容赦なく暴いていった。

「女性は好いた男の言動に、ひどく敏感なものだよ。モニカ嬢にしたって、一緒に暮らしている夫が隠しごとをしていることに気づかないはずがない。詮索してこないのは、君に嫌われたくないから。健気で臆病な彼女は、君にとって最高に都合の良い女ってわけだ」

頭がひび割れるように痛む。

クライヴは王子を睨みつけ、鋭く警告した。

「それ以上口を開くな」

脅したつもりだったが、実際に出てきた声は呻き声に似ていた。

ウォーレンの眼差しに、こちらを憐れむ色が交ざる。

「ねえ、クライヴ。ごっこ遊びも、すぎると本物になるんだよ。君に、モニカ嬢を壊す覚悟はある？　両親をあの事件で失った過去は、すでに彼女の大きな傷になっている。更に恩人である公爵を亡くせば、どれほど嘆き苦しむだろう。それが最愛の夫の手によるものだと知ったら、気が違ってしまうかもしれないね」

虚ろな瞳から滂沱の涙を流し、座り込んだまま動かないモニカの姿がありありと浮かぶ。

文字通り、目の前が真っ暗になった。

そんなことは、許されない。

彼女をこれ以上苦しめることは、たとえ自分が相手でも許せない。

いや、違う。

復讐を果たす為には、手段を選んではいられない。

女一人狂わそうが、誰を踏みつけにしようが、障害は後腐れなく取り除かなければ。

相反する思いが心の中で暴れ回る。

抑え込むのは至難の業だった。

「後のことなど知らない、とは言わないの？　元妻がどうなろうと構わない。以前の君なら、躊躇なくそう言い切ったはずだよ」

ウォーレンが容赦なく追撃してくる。

強烈な吐き気を堪え、脳裏に浮かんだままのモニカの姿を必死に振り払う。

「今もそうだ」と答えてやればいい。

だが、どうしてもその、たった一言が出てこない。

「……君を非難しているわけじゃない。ただ、悔いがないよう慎重に考えて欲しいんだ。取り返しのつかない過ちも、この世にはある。それは君が一番よく知っているだろう？」

同情の籠ったウォーレンの声に、クライヴはよろめいた。

一歩足が動けば、あとは自然と扉に向かっていく。

今はただ、柔らかな灯りがともるあの家に帰りたかった。


周囲の気配に神経を尖らせながら、家路につく。

モニカが待つタウンハウスが見えてきた時には、心底安堵した。

ウォーレン王子と会って話したあとは毎回疲労を覚えるが、今夜は特に酷い。

王子とクライヴは、秘密の協定を結んでいる。

彼の便利な手駒になる代わりに、復讐を見逃してもらうという約定を。

王子による無血クーデターが成功したあと、クライヴは国王を殺害するつもりでいる。それから自らの死を偽装し、他国へ渡って消える予定だ。

近いうちに寡婦にしてしまうと承知の上で、クライヴはモニカに近づいた。

世間知らずな行き遅れの元子爵令嬢は、宰相であるヘイウッド公爵の動きを探るのにちょうどいい相手だったのだ。

目的を達成する為の手段を選ぶつもりはないし、実際選んだことはない。

国王の座を追われたエドマンドを混乱に乗じてこの手で殺し、家族の仇を討つこと。

それがクライヴの悲願であり、たった一つの生きる理由だ。

ハンクスという姓を捨て、レンフィールドを名乗ったあの日から、クライヴの行動原理がぶれたことは一度もない。

そう、一度もなかったのだ。

いったん脇道に入り、いつもの恰好に戻る。

仕上げに手櫛で髪を整えてから、クライヴは深呼吸した。

完全に意識を切り替え、家に近づきドアノブを叩く。

応対に出てきた執事は恭しく一礼したあと、さりげなく着替えの入った鞄を受け取った。

「おかえりなさいませ、旦那様」

「ああ、ただいま」

鷹揚に答え、玄関ホールに入っていく。

ここまでは普段と同じだった。

違うのは、モニカが階段を足早に駆け下りてきたこと。

彼女はクライヴの前まで来ると、ドレスの裾を払って整え、はにかんだ笑みを浮かべた。

「おかえりなさいませ」

急いだせいだろう、滑らかな頬はピンク色に上気している。

「伝言ありがとうございました。お仕事お疲れ様です」

玄関ホールを照らす眩い灯りのせいだろう、彼女の周りがキラキラ輝いて見える。

「……私が頼んだから、出迎えてくれたのですか？」

気づけばクライヴは、挨拶を返すのも忘れ、そんなことを口走っていた。

モニカは一瞬目を丸くしたあと、恥じ入るように頬に手を当てる。

「え、あ…の、いえ、……はい」

逡巡してから、モニカは小声で肯定した。

「年甲斐もない真似をして、すみません。初めてだったので、嬉しくてつい――」

少女めいた仕草に、強く胸を衝かれる。

彼女をここまで喜ばせたのは、豪奢なドレスでも、高価な宝石でもない。

『待っていて欲しい』という夫からの、ささやかな要望だ。

モニカはずっと我慢していたのだ、とようやくクライヴは気づいた。
本当はいつもこうして夫の帰りを待っていたかったのだろう。
できなかったのは『自由に過ごして欲しい』というクライヴの意向を尊重したから。
彼女は夫の言いつけを守り、まるで一人暮らしのような生活を送っている。
一人で目覚め、一人で眠り、一人で夕食を取る。そんな生活だ。
これが他の女性なら、とうに愛想を尽かされている。
――『詮索してこないのは、君に嫌われたくないから』
ウォーレンの台詞が耳奥に蘇る。
愛おしさとしか呼べない激しい感情が、腹の底から一気に込み上げてくる。
自制することなど、もうできなかった。
クライヴは衝動のまま両手を伸ばし、モニカを抱き締めた。
腕の中にすっぽり収まった彼女の身体は柔らかく、頼りない。
彼女を残していきたくない。――決して抱いてはならない未練に全身を支配される。
クライヴは滑らかな髪に顔を埋め、大きく息を吸った。
洗い立ての髪の香りと、清潔な肌の匂い。
そして、困惑したように身動ぎしつつも抵抗しないモニカに、たまらなくなる。
(君は、馬鹿だ)

心の中で彼女を詰《なじ》る。

両親を殺した相手を恨むことすらしない、慈悲深い女。

モニカは不幸な目に遭っても、腐ることなく正しい道を歩んできた。

本当なら誰より報われていいはずなのに、実際はどうだ。

人を疑うことを知らないせいで、悪辣な男に騙され、復讐の道具にされている。

――『あなたは、あなたの見た目と身分にしか興味がない、伯爵だか侯爵だかのご令嬢を選べばいいのよ！　モニカには、もっと地味で愚直で、財産はなくとも腐らず真面目に働くような殿方が合ってるんだから！』

かつて、アンジェリカはそう断言した。

本当にその通りだ。

モニカにふさわしいのは、クライヴではなかった。

なぜ、良き友人として彼女の傍にいることを選ばなかったのか。

結婚せずとも、情報は充分に集められたはず。

友人で居続ければ、モニカを苦しめずに済んだ。

ウォーレンが指摘した通り、クライヴは彼女と家族ごっこがしたかったのだろう。

清廉なモニカの傍にいると、自分まで良い人間であるかのような錯覚を抱くことができた。

――ほんの少しくらい、いいのではないか。

己の中の悪魔が囁いてきたのは、モニカと出会ってすぐのことだ。

二十歳以降、クライヴに私的な時間は存在しなかった。

生活の全ては復讐を果たすという目的の為にあり、常に心は冷え切っていた。

エドマンドを殺し、国を捨てて逃亡したあとの日々は、おそらくもっと惨めなものになるだろう。

最後に少しくらい、いい思いをしてもいいのではないか。

その欲望が、モニカをどれほど傷つけるか、気づいていたのに目を背けた。

更に最悪なことにクライヴは、自身の本音からも目を背け『これは任務だ』と思い込もうとした。

ウォーレンの指示で仕方なく好きでもない女を娶ったのだと、今日までずっと思ってきたのだ。

ぐ、と喉の奥が鳴る。

今更後悔しても、もう遅い。モニカはすでに、クライヴ・レンフィールドという実在しない男に身も心も捧げてしまっている。

深々と息を吐き、ふと視線を上げる。

執事の姿はいつの間にか消えていた。

明るく照らされた玄関ホールには今、クライヴとモニカだけが残されている。

「……辛いことがきっと沢山あるんですね」

やがてモニカがぽつりと言った。

彼女の華奢な手が、クライヴの背中をそっと撫でる。

初めての夜もそうだった、と思い出す。

痛い目に遭わされているのは彼女の方なのに、モニカはクライヴを気遣った。

そして今も、帰宅早々、ろくに説明もせず彼女を抱き締めて離さない男を、彼女は労ろうとしている。

クライヴの胸に広がったのは、モニカへの憐れみだけではなかった。

そこにはどす黒い歓喜が、確かに交じっていた。

飢えた男が、彼女が向けてくれた温かな感情に飛びつき、犬のように貪り食っている。

「もう、いいんです。言いたくないことは、仰らないで」

モニカの声はどこまでも優しかった。

まるで全てを見透かすような言い方に、カッと頭が熱くなる。

クライヴは彼女から奪うだけ奪った挙句、彼女の欲しいものは何一つ与えず去っていくだろう。そんなクズを増長させてどうする。

「あなたは馬鹿ですか」

抑えきれない憤りをぶつけるように、吐き捨てた。

同志の前以外で本音を吐露する失態を犯したのは、これが初めてだ。

ただちに発言を撤回し、礼儀正しいクライヴ・レンフィールドに戻るべきだ、ともう一人の自分が警告してくる。

だが、頑として口は動こうとしない。

代わりに、彼女を抱き締める腕に力が籠る。

「ふふっ」

モニカは、なぜか笑みを零した。

驚きも嘆きもせず、腕の中でくすくす笑っている。

予想外の反応に、クライヴは混乱した。

腕を解いて後ろに下がり、精一杯冷たい表情を拵える。

「……何がおかしいんですか。冗談で言ったわけではないのですが」

ここまできたらもう自棄だった。

「薄々気づいているのではないですか？　私はあなたに嘘をついている。あなたを傷つけることしかできない男に優しくして、何の得が？　どれほど誠実に尽くしたところで、惨めな思いをするだけだ」

いっそ、とことん嫌われてしまえばいい。愛想を尽かした夫が相手なら、死亡の知らせを受け取ってもそれほど悲しまずに済む。

どうせ残された時間はそう長くない、三か月後までは何とか離婚を避けて、アンジェリカの誕生パーティーに同伴できさえすれば――。

心の中でこれからの段取りをつけるクライヴに向かって、モニカは柔らかな表情のまま小さく首を傾げた。

愛らしい仕草がやけに眩しくて、思わず目を細める。

「馬鹿なのは、お互い様ではないでしょうか？」

「……は？」

今日は散々な日だ、とクライヴは思った。

会話の相手に翻弄され、まともな受け答えができなくなるのはこれで何度目だろう。

「私も確かに、馬鹿だと思います。でもそれは、クライヴも同じだわ」

真面目な彼女らしく、モニカは先ほどと同じ内容を繰り返した。

「嘘をついて騙すと決めたなら、私の反応を気にしては駄目ですよ。私が泣こうが苦しもうが、最後まで『いつだって妻に優しい完璧な夫』を演じなくては」

「い、ったい、なにを……」

頭が真っ白になる。

彼女が何を言っているのか分からない。いや、理解したくない。

「あなたが何を企んでいるのか、私には分かりません。ですが、あなたの目的に私が必要だというのなら、好きに使って下さい。得なら あります。あなたの傍にいられるもの」

「……そんなものが、得だと？」

「あなたにとっては違っても、私にとってはそうなんです」

モニカは微かに口元を歪めて即答すると、冗談めかしてつけ加えた。

「ああ、でも犯罪行為に加担するつもりはありませんから」

その一言で、彼女が本当に何も知らないことが分かった。

僅かなりともこちらの事情を理解しているのなら、クライヴが犯罪紛いのことばかりしてきたことを知っているはず。

クライヴの求婚に裏があったこと。モニカはそれだけを察した上で、話している。

偽りの結婚生活でもいい。それでも、クライヴの傍にいたい。

彼女はそう言ったのだ。

（……どうして、そんな風に言えるんだ）

正体不明の感傷に襲われ、目頭が熱くなる。

そういえば、彼女の両親が亡くなった原因について打ち明けられた時も、同じことを思った。なぜ誰のことも憎まずにいられるのか、さっぱり分からなかった。

今だってそうだ。

もしもクライヴが彼女なら、自分を騙した男を決して許さない。得ならある、などと嘘でも言えない。

「大丈夫ですか？」

モニカはまじまじとこちらを見つめ、困ったように微笑んだ。

「……じゃなさそうですね。今夜はお互いもう休んだ方がいいみたい」

彼女はそう言って手を伸ばし、クライヴの頬にそっと触れた。

避けようと思えば避けられたはずのその手を、クライヴは心待ちにしていたかのように受け入れた。

触れた部分の温もりが、どうしようもなく愛おしい。

彼女が手を離した時は、貴重なものを取り上げられた気分になった。

無言のまま立ち尽くすクライヴを置いて、モニカは踵を返した。

遠ざかっていく後ろ姿を、呆然と見送る。

どうやらクライヴは、とんでもない女に手を出してしまったらしい。

ウォーレンは彼女を『健気で臆病』だと評した。『最高に都合の良い女』だとも。

クライヴもそう思っていた。

だが、それだけではなかった。

モニカが持つ底なしの寛容さは、恐ろしい劇薬だ。

相手を無条件で受け入れ、どこまでも赦し、彼女なしではいられなくさせる劇薬。

悲願の達成まであと少し、というところまできたというのに、クライヴは自分が何をしたいのか分からなくなりそうだった。

三章　たとえ終わりが見えていても

モニカは自室に戻ると、普段はかけない鍵をかけた。

今は一人で考える時間が欲しい。

蒼褪めたクライヴに『大丈夫ですか？』と尋ねたモニカの方も、実は大丈夫ではなかった。

彼と対峙している間は、神経が昂り、興奮していたのだろう。

だから、あれほど強気なことが言えたのだ。

最後に見たクライヴは、まるで親に置き去りにされた子どものような顔をしていた。

途方に暮れながらも、決して泣くまいと懸命に堪えているような。

(あのあと、どうしたかしら。しっかり休めるといいのだけれど)

惚れた弱みか、つい彼を気にしてしまう。

アンジェリカがここにいたら「何を悠長なことを言っているの!?」と激怒することだろう。

「だから言ったでしょう！」と叫び、クライヴに制裁を加えようと飛び出していくに違いない。

彼を殴ろうとしては、全て華麗にかわされる様子がありありと浮かび、ふふ、と笑みが零れた。

暢気に笑っている場合ではないと頭では分かっているが、あまりに予想外のことが起きたせいで、感情がコントロールできない。

モニカは一旦頭を空にして、寝支度をすることにした。

部屋着からネグリジェに着替え、ソファーに腰を下ろす。

さすがに今夜は、夫婦の寝室へ行く気にはなれなかった。


クライヴに嘘をつかれたあの日から、モニカはずっと考え続けていた。

夫には隠しごとがある。それは確かだ。

だが、何を隠しているのかについては皆目見当がつかない。

クライヴがモニカに明かしていないこと、もしくは嘘をついていることは三つある。

一つは、レンフィールド伯爵家の養子であること。

もう一つは、シャーロット王女との詳しい関係。

そして最後の一つが『ラースネルの悲劇』に巻き込まれて亡くなったフェアフィクス人が眠る慰霊碑に花を手向けたことだ。

三つの間には何らかの関係がある気がしてならないが、手がかりが少なすぎて、仮に推論を立てたとしても信ぴょう性は低くなる。

散々悩んだ結果、本人に尋ねない限り永遠に分からない、という至極当たり前の答えに行きついた。

そうすると、次はクライヴに問うべきか、このまま気づかないふりをするべきか、という問題が生まれる。

（ああ、もう面倒くさい！）

あれこれ考えすぎて疲れ果てたモニカは今朝方、ついに匙を投げた。

懸念事項は他にもあるのだ。

王太子によるクーデターの噂の真偽についてだとか、噂をクライヴに伝えるべきか否かだとか。

ただでさえ不安になっていたところに、更に悩みごとを増やされたモニカは、理不尽な憤りを抱いた。

クライヴを煩わせまいと遠慮していた自分が馬鹿馬鹿しくなる。

モニカは彼の妻なのだ。

嘘をつかれたことに対し、抗議する権利くらいあるはず。

幸い、明日はクライヴの非番の日だ。

明日必ず問い質してはっきりさせよう、と息巻くモニカのもとにクライヴの従者がやってきたのは、夕方のことだった。

従者は嬉しそうな顔で、夫から言付かってきた内容を伝えた。

『本日旦那様は、ご友人と会ってから帰宅されるそうです。奥様に、それほど遅くはならないから起きて待っていて下さると嬉しい、と仰っておられました』

クライヴがこの手の伝言をモニカに寄越すのは、これが初めてだ。

彼が夕食時に帰宅しないことはままあることだが、その場合は執事から『旦那様のお戻りは遅くなるそうです』と聞くのが常だった。

帰りが遅い時は、待たずに先に休んでいて欲しい、というのが結婚当初からのクライヴの意向である為、モニカは執事からの報告を聞く度、こっそり落胆した。

それが今日に限って『起きて待っていて欲しい』とわざわざ伝言してきた。

（一体、どういう風の吹き回しかしら）

従者を退出させた後、モニカはそわそわとソファーに座ったり、立ったりを繰り返した。

もしかして、クライヴの方から三日前の件について話してくれるのでは？　という期待が湧いてくる。実は彼も嘘をついて誤魔化したことを気にしていて、きちんと説明するつもりになったのではないか。

もしもそうなら、これほど嬉しいことはない。

モニカは浮足立った気持ちで、クライヴの帰りを待った。

一人で取る夕食も、今夜は寂しくなかった。湯浴みしたあとは、いつもより丁寧に髪を梳く。しまいには自室を出て、階段の踊り場をうろついていたのだから、我ながらどうかしている。

だがその甲斐あって、帰宅したクライヴを玄関で出迎えることができた。

問題は、そこからだ。

今思えば、彼は最初からどこかおかしかった。

ただいまも言わずに、モニカの行動の理由を尋ねるなどと、普段のクライヴなら絶対にしないことだ。

もっとおかしかったのは、執事の前で抱き締めてきたこと。

こんな風に衝動的に抱き締められたことは、これまでただの一度もない。

クライヴの愛情表現は、常に節度を弁えたものだった。

二人きりの時も、手を握ったり、軽く頬にキスしたりする程度以上のことは決してしてこない。

週に一度、モニカを抱く時だけはさすがにキス以上のこともするわけだが、ベッドの上でもクライヴが激情を覗かせることはない。

ひたすら優しくモニカに触れながらも、巧みな愛撫で必ず絶頂に押し上げる。

一方的な奉仕を受けるひと時は、たまらなく気持ちよく、同じくらい寂しい。

身体に痕をつけられたのは初夜だけだ。

しかも絶対に中では出さない。必ず避妊するし、回数は一度だと決まっている。

まるで、しなくてはいけないから、しているというような……。

そこまで考えたモニカは、彼の腕の中で大きく目を見開いた。

──もしかして、本当にそうなのではないだろうか。

クライヴは黙ったまま、モニカを抱き締め続けている。

執事がそっと下がっていくのを視界の端で確認し、モニカは考え込んだ。

クライヴが『完璧な夫』に見えたのは、彼が自分を偽って演技していたからだとしたら、どうだろう。

それなら、様々な疑問に納得がいくのでは?

引く手数多だったはずのクライヴが、なぜモニカを選んだのか。

なぜ彼は、個人的な話をしたがらないのか。

モニカを愛したわけではないからだとしたら?

クライヴは、何らかの事情があってモニカに近づき、口説き、求婚した。

ゆえに彼は、必要以上のことは話さないし、問われても隠してしまう。

一旦思いついてしまえば、これ以上の理由はないように思えた。

(そういえば、彼からは一度も『好きだ』と言ってもらえていないわ)

クライヴが直接的な愛の言葉を口にしないのは、照れくさいからだと思っていた。

だが、おそらくそうではない。

愛していないから、それだけは嘘でも言えないのだ。

その時のモニカの胸に湧き起こったのは、いいように騙された怒りでも、自分を弄んだ男への憎しみでもなかった。

言葉にはできない複雑なその感情にあえて名前をつけるのなら『同情』が近い。

クライヴはモニカと結婚する為に、かなりの労力と時間を割いている。

この推論が当たっているのなら、結婚したあともそうだ。

彼は常に神経を張り巡らせ、感情をコントロールし、完璧な夫を演じ続けている。

自宅にいる時ですら素の自分でいられないのだとしたら、一体いつ心を休められるのだろう。

僅かたりとも気を抜けない一日を、延々と繰り返す生活。

軽く想像しただけで、息苦しくなる。

無言で抱き締められている時間が続けば続くほど、モニカの疑念は確信へと変わっていった。

たとえ愛していない相手でも、毎日共に過ごしていれば、情くらい湧く。

現に、モニカをきつく抱き締める彼の手は、微かに震えている。

（……なんて馬鹿な人なの）

モニカは心の中でクライヴを憐れんだ。

騙して利用すると決めたのなら、目的を果たすまで貫き通せばいい。

きっとそれは彼にも分かっている。分かっていても、できないのだ。

非情になりきれず、仮初の妻への罪悪感で苦しんでいる。

モニカの髪に顔を埋め、深く息を吸い、赦しを請うように縋りついてくる男が、誰より可哀想で、誰より愛おしい。

クライヴはやがて低く喉を鳴らした。

彼の抱く苦悩が、密着した身体を通して直に伝わってくる。

これ以上苦しんで欲しくない。その一心で、彼の背中を撫でる。

『言いたくないことは、仰らないで』と告げたのは、クライヴの気持ちを少しでも楽にしたかったからだ。

だがモニカの言葉は、彼の痛い部分を突いてしまったらしい。

クライヴは怒りもあらわに、これまでの彼なら決して口にしなかった台詞を吐いた。

馬鹿だと言われた時、モニカは思わず喜んでしまった。

ようやく本来のクライヴに会うことができたと思ったのだ。

嘘で塗り固めた見せかけの優しさで包まれるより、感情剥き出しの本音で突き放された方が悔はない。

よほどいい。

『理想の夫』の仮面を脱ぎ捨て、苛立ちをあらわにしたクライヴは男性らしい魅力に満ちていて、そんな場合ではないのに胸がときめいた。

何の得があるのか、と問われた時はさすがに堪えたが傍にいられればいいと答えたことに後悔はない。

(……そうよ。私は後悔なんてしていない。結婚を決めたことも、彼の嘘ごとクライヴを受け入れると決めたことも)

モニカは結論を出すと、クッションを抱えて長椅子へ移動した。

温かい季節でよかった。冬なら膝掛け一枚ではとても足りなかっただろう。

部屋の灯りを消して、長椅子に横たわる。

騙されたと分かった今でも、彼を好きな気持ちに変わりはない。

いや、正直に言えば、憧れめいた感情は消えている。

目的の為なら無関係の人間を巻き込むことを厭《いと》わない彼は、はっきりいって最低な人間だ。

憧れる要素がまるでない。

(ということは、馬鹿で、最低で、いいところといえば顔くらいのもの……?)

客観的に見ればそういうことになるのでは？　と思いつき、またおかしくなる。

だが、今更彼のことを客観的になど見られそうにない。

クライヴがくれた優しさや労りの全てが嘘だったとは、どうしても思えないのだ。

右手を持ち上げ、じっと見つめてみる。

繋いだ手はいつも頼もしく、温かかった。

モニカを見つめる柔らかな眼差しには、確かな親愛が籠っていた。

たとえただの情だとしても、クライヴはモニカを大切に思ってくれている。

そうでなければ、執事がいることも忘れて衝動的に抱き締めたりしない。

『馬鹿ですか』なんて暴言を吐いたりしない。

モニカを何とも思っていなければ、いつものように優しく笑って、紳士的に接したはずだ。

愛されていなくてもいい。ほんの少しだけでも大切にされているのなら、それでいい。

目的を果たせば、おそらくクライヴは去っていく。

モニカがどれほど泣いて縋ろうと、翻意させることはできない気がする。

終わりが必ず来るのならなおのこと、最後まで彼の傍にいたい。

クライヴに指摘されるまでもなく、自分でも馬鹿だとつくづく思う。

モニカだって、これがアンジェリカの身に起こったことなら、すぐにでも離縁した方がいいと助言するだろう。

分かっていてもどうしようもないのだから、厄介な男に捕まってしまった、というほかない。

(利用すればいい、なんて言い切ったけれど、クライヴの目的が誰かを陥れるものだったらどうしよう。私に近づいたということは、狙われるのは公爵夫妻かアンジェリカ様では……？)

ふと浮かんできた新たな疑問に、ぞくりと背筋が震える。

彼の性根がそこまで腐っているとは思いたくないが、もしもの場合はこの身に代えても止めなければ。ヘイウッド公爵家の人々は、傷つけさせない。絶対に。

心細くなったモニカは膝掛けを首まで引き上げ、小さく丸まった。

とりあえず今できるのは、クライヴの動向を見守ることくらいだろうか。

他にできることがないか、明日また考えよう。

そう決めた途端、急激に眠気が襲ってくる。

――どうか、彼の目的が恐ろしいものではありませんように。

モニカは祈りながら、静かに目を閉じた。

◇◇◇

――……ドンドン！　ドンドン！

激しく扉を叩く音で、モニカは目覚めた。

一体ここはどこだろう、と寝ぼけた頭でぼんやり思う。

眠い目をこすって辺りを見回したモニカは、ああ、そうだ、と思い出した。

昨夜は夫婦の寝室ではなく、自室の長椅子で眠ったのだ。

ここでようやく扉の外がやけに騒がしいことに気づき、耳を澄ませてみる。

「旦那様、鍵をお持ちしました！」

「早く貸せ！」

切羽詰まった男の声に、びくりと身がすくむ。

男の声はクライヴに似ている気がしたが、彼があんな粗暴な言い方をするとは思えない。

動転したモニカは、とっさに寝たふりをしてしまった。

長椅子の背中側を向いて、固く目を閉じる。

直後、扉が開け放たれた音がした。

荒々しい足音を立てて部屋に入ってきた人物は、一旦立ち止まると、モニカが眠る長椅子に駆け寄ってくる。

肩に大きな手をかけられたところで、それが男であることが分かった。

この家で女主人であるモニカの部屋に押し入ることができる男は、クライヴだけだ。

強引に仰向けにされ、首筋に指を当てられる。

（え、なに……？　もしかして、脈をみてるの？）

わけが分からず、されるがままになる。

やがてクライヴはモニカの肩に額を押しつけ、深々と息を吐いた。

肩に感じる強い力に、胸の奥がちくりとする。

まるでモニカを失うことを恐れるかのような振る舞いに、やるせなさが込み上げた。

そんなわけがないのに、性懲りもなく期待してしまう自分が憎い。

「あの、旦那様？　奥様は大丈夫でしょうか？」

少し離れたところから、侍女の不安げな声が聞こえてくる。

クライヴはようやくモニカから離れ「大丈夫です」といつもの落ち着いた口調で答えた。

「眠っているだけです。疲れが出たのでしょうね」

「そうでしたか。すみません、すっかり慌ててしまって……」

申し訳なさそうに謝る侍女を、クライヴは優しく労った。

「いえ、助かりました。彼女に何かあったら大変ですから。私の方こそ、声を荒らげてしまった。怖がらせてしまったのなら、すまない」

クライヴのその言葉に、モニカは驚いた。

ということは、やはりあの怒鳴り声は彼のものだったのだ。

「とんでもありません。では、私どもはこれで。何かありましたらベルでお呼び下さい」

侍女はそう言って下がっていく。

扉が閉まる音がしたあとは、シンとした静寂が部屋に広がった。

クライヴも一緒に出て行ってくれればいいのに、なぜか傍に居残っている。

（うう……これからどうしよう）

このまま寝たふりを続けるか、それとも起きるか迷っていると、不意に鼻を摘まれる。

「んぐっ」

たまらず目を開けたモニカの視界に、呆れ顔のクライヴが映り込んだ。

「随分と狸寝入りがお上手ですね」

「……気づいていらっしゃったのね」

下手な演技を見抜かれた気まずさと、それをあなたが言うのか、という気持ちの両方に襲われ、微妙な心持ちになる。

クライヴはモニカの鼻から手を離し、聞こえよがしな溜息を吐いた。

「気づいたのはついさっきですよ。侍女から、あなたが部屋に鍵をかけたまま起きてこないと聞かされた時は、本気で焦りました」

無意識のうちに眉根が寄る。

本気で焦った、というのはおそらく彼の本音だろう。

だがそれは、今、モニカを失うのは困る、という意味だ。

分かっていても、勘違いしたくなる。

別の意味にも捉えることのできる言葉を軽々しく使わないで欲しい。

（……私を騙して偽装結婚に持ち込んだこと自体は許せるのに、どうしてかしら。今更、気がある素振りをされるのは我慢できないなんて）

モニカは身体を起こし、長椅子を半分開けた。

空いたスペースをぽんぽん、と叩き、クライヴにも座るよう促す。

彼は少し躊躇ったあと、観念したようにモニカの隣に腰を下ろした。

「焦る必要なんてありませんわ。そういえば、今、何時かしら」

「もうじき昼ですよ」

置き時計を確認する前に、クライヴが答える。

これにはモニカも驚いた。

「もう、そんな時間？　侍女が探しにくるわけですね」

だから彼女はクライヴを呼びに行ったのか、と腑に落ちる。

いつまで経っても起きてこない主人に焦れて、いつもの寝室を覗きに行った侍女の姿がありありと浮かぶ。

使用された痕跡のない寝室を見た侍女は、次にこの部屋に来たのだろう。

そして鍵がかかっていることを知り、慌ててクライヴに知らせた、というわけだ。

「暢気なことを……」

クライヴは眉根を寄せ、忌々しげに零した。

聞き覚えのあるその台詞に、つい笑ってしまう。

「笑っている場合ですか。これでも心配したのですよ」

不機嫌さを隠そうとしない彼に、何ともいえない気持ちになる。

感情をあらわにしてくれたことが、たまらなく嬉しい。

だが、こちらを勘違いさせるような言葉選びは本当に止めて欲しい。

切羽詰まった声。真っ先に確認された脈。

一連の言動を省みれば、彼が何を思ったかは明らかだ。

「苦労して手に入れた駒が、あなたに騙されたショックで自殺したとでも思いましたか？」

クライヴが、ぎょっとしたようにこちらを凝視する。

彼と出会ってから二年近く経つが、こんなに表情豊かな人だとは知らなかった。

捻じれた愉悦が胸に広がる。

自分がこんなに意地悪な人間だということも、初めて知った。

「……そうですね。そういうことにしといて下さい」

やがてクライヴは、ぶっきらぼうに答えた。

まるで本音が別にあるかのような言い方だ。

首を傾げたモニカに、彼は小さく「自業自得だ」とつけ加える。

「自業自得？」

「何でもありません。それより、私たちは昨夜のことについて話し合う必要がある」

クライヴはがらりと話を変えた。

その意見に異論はない。モニカも同じことを思っていた。

ヘイウッド公爵家の人々に危害を加えるつもりなら、昨夜彼に告げた言葉は全て撤回しなければ。

「賛成です。その前に、着替えてきてもいいですか？　カーテンを開けて、空気の入れ替えをして、一緒に何か食べながら話しましょう」

彼はまた「何を暢気な」という顔をしたが、反対はしなかった。

モニカが身支度を整えている間中、クライヴはずっと傍にいた。

下着姿になった時はさすがに後ろを向いてくれたが、顔を洗う時も簡単に化粧をする間も、背後から見つめられる。

「見張りのつもりかしら？」

たまらずそう問えば、彼は小さく微笑んだ。

「何とでも」

どうやらすっかりいつものペースを取り戻したようだ。

クライヴの指示で、部屋に軽食や果物、そして紅茶が運ばれてくる。

配膳を終えたメイドたちに、彼はにこやかに告げた。

「しばらく人払いを。誰にも邪魔されず、二人きりでゆっくり過ごしたいんです。皆にもそう伝えてもらえますか？」

甘やかなその声色に、メイドたちの頬がパッと赤く染まる。

（絶対に勘違いしたわよね、あれ）

はしゃいだ様子で出て行く彼女たちを見送り、モニカはやれやれと首を振った。

「あんなに色っぽく言う必要あります？」

「そう聞こえたのなら、光栄だな」

クライヴが楽しげに答える。

余裕たっぷりな彼に、悪びれた様子はない。

真剣な話し合いを目前に控えているとは思えないその態度に、暢気なのはどちらの方だ、と文句をつけたくなる。

（淑女にも舌打ちが許されていたならよかったのに）

モニカは心の中で思いながら、黙ってソファーに移動した。

ローテーブルを挟んで向かい合わせに据えられた一人掛けソファーにそれぞれ腰を下ろし、食事を取りながら話を始める。

口火を切ったのは、モニカだった。

「まずは、現状についてのお互いの認識を確かめませんか?」

「いいですね。では、あなたからどうぞ」

クライヴがゆったりと脚を組み、手ぶりで促してくる。

その手には乗らない、とモニカは眉を上げた。

「私から? 仕掛けてきたのは、あなたなんですもの。そちらから事情を説明するのが筋では?」

「レディファーストのつもりだったのですが」

いけしゃあしゃあと言い放つ彼に、モニカは再び舌打ちを堪える羽目になった。

代わりに、盛大に顔を顰め、不満を表明してみせる。

クライヴはそんなモニカを見て、くつくつと肩を震わせた。

「何もおかしくないわ」

「おかしくて笑ったわけではないですよ」

「あら、そう。では、どんなお気持ちからかしら」

「そうですね。言うなれば、いつも控えめで遠慮がちだったあなたの、素の顔を見せてもらえた、という満足感でしょうか」

何とも意外な返答に、意表を突かれる。

ぱちぱち、と瞬きをするモニカを、彼は優しい眼差しで見つめた。

「いつもあなたは私に遠慮していた。私を煩わせまいと本音を抑え込んでいた。そうでしょう？」

「……否定はできません。でも、嘘をついていたわけじゃないわ。あなたに嫌われるのが怖かっただけです」

「分かっています。嘘をついていたのは、私の方だ」

クライヴははっきり言うと、姿勢を正し、両手を膝の上で組む。

「ここまできたら、言えることは全て打ち明けた方がいいと判断しました。目的の為に手段を選ぶつもりはありませんが、あなたをここまで巻き込んだのは、私のエゴだ。あなたの気が済むまで、どれだけでも謝ります」

モニカはこくりと喉を鳴らした。

『本当のことを全て』ではなく『言えることは全て』という前置きに、彼の本気を感じ取る。

——何を言われても傷つくまい。

きつく己に言い聞かせ「話して下さい」と促す。

「私には目的があります。その目的の為に、ヘイウッド公爵に近づき、彼の交友関係やプライベートな時間の過ごし方を探る必要があった。あなたに近づいたのは、公爵家に入り込む為です」

やはり、そうだったのか、と納得する。

モニカが小さく頷くのを見て、クライヴは説明を再開した。

「アンジェリカ様の取り巻きの一人になるのでは、上辺だけの情報しか得られない。あなたと親しくする方が、いいと思いました」

どこか遠慮がちな言い回しに、ふ、と自嘲の笑みが零れる。

『アンジェリカよりも使い勝手が良さそうで、御しやすそうで、しかも簡単に捨てられそうだったから』とは言わないところが、本当にずるい。

彼が必要以上にモニカを傷つけまいとすればするほど、モニカは傷つく。

それがクライヴには分からないのだろう。

彼の本音がどれほど痛いものでも、変に取り繕われるよりはすっきりできるのに。

「親しい友人になるでは、いけなかったのですか？」

モニカは率直に尋ねた。

彼の言い分を信じるのなら、結婚する必要まではなかった気がする。

クライヴはしばらく黙り込んだあと、緩く首を振った。

「それについては、答えたくありません」

「……分かりました」

最初から、言えることだけ打ち明けるという話だった。

モニカは引き下がり、最も気にかかっていることを尋ねることにした。

「あなたが欲しいのは、情報だけですか？　その情報を入手することによって、公爵夫妻やアンジェリカ様に害を加える予定はありますか？」

「ありません」

クライヴは即答した。

こげ茶色の瞳は真摯な光を宿している。

「これだけは、約束できます。彼らに危険が及ぶことは、決してない。私に課せられた任務は、公爵の真意を探ることだけです」

「課せられた……？　ということは、クライヴ様はどなたかの命で動いているということですか？」

モニカの問いに、クライヴは躊躇いがちに頷いた。

「ええ。ですが、指示を出している人物と私の目的は、一致しているのです。やむを得ず命令に従っているわけではなく、私の意思でもあるということです」

彼が嘘をついているようには見えないが、真実であるという証拠もない。

しかも彼は、すでに多くの嘘をついている。

鵜呑みにするのは危険だ、とモニカの理性は訴えた。

「分かりました。信じます」

危険だと分かっていても、モニカにはそう答えるしかなかった。

ここで彼を信じなければ、話は終わる。

タウンハウスを出て行き、公爵に全てを打ち明けるしかなくなる。

それでは、彼の傍にいたいという願いは叶わない。

クライヴは苦しげに眉根を寄せ、モニカをまじまじと見つめた。

「そんなにあっさり信じていいのですか？」

いいわけがない、と心の中で答え、首を傾げる。

「約束できるというのは、嘘なのですか？」

「違う、嘘じゃない」

間髪を容れずに答えが戻ってくる。

一体彼は何がしたいのか、と疑問に思ったモニカは、ようやく気づいた。

クライヴも混乱しているのだ。

余裕があるように見えたのは、冷静であろうと懸命になっていたから。

最後まで嘘をつき通すつもりでいたのなら、今のこの状況は彼にとって完全に予想外だ。

精神が不安定になるのも無理はない。

だが、モニカにも譲れないものはある。

クライヴの約束が本当だろうが、この場しのぎの嘘だろうが、釘は刺しておかなければならない。

「あなたのせいで公爵様に万が一のことがあれば、あなたを殺して私も死にます」

これは単なるはったりではない。

モニカは本気だった。

かけがえのない恩人を自分のせいで喪ったあと、何食わぬ顔で生きていけるとは思えない。

しかも公爵の死が、愛した男によるものだとしたら？

自らの関知しないところで亡くなった両親とは、わけが違う。

モニカさえクライヴの手を取らなければ、公爵は無事でいたのだと分かった瞬間、心は粉々に砕け、呼吸さえままならなくなるに違いない。

クライヴは強い騎士だ。正攻法で挑めば、傷一つつけることはできないだろうが、他にも方法はあるはずだ。

「あなたに、私は殺せない」

クライヴは、ぼそりと答えた。

きっぱり断言するわりに、端整な顔には恐怖が浮かんでいる。

彼は一体、何に怯えているのだろう。

モニカは不思議に思いながら「きっと、そうですね」と同意した。

「その時は、一人で死にます。あなたにとってみたら、一石二鳥ですね？」

不要になった妻が勝手に死んでくれるのなら、これほど楽なことはない。

至極当たり前のことを指摘したつもりだったが、クライヴにとっては違ったらしい。

彼は真っ青になったあと、ソファーを倒しそうな勢いで立ち上がった。

呆気に取られたモニカに駆け寄り、物凄い力で両肩を掴んでくる。

「言うな……！　そんなこと、絶対に許さない。絶対にだ！」

人が変わったような荒い口調とあまりの迫力に、思わず腰が引けてしまう。

ひっ、と情けない悲鳴を漏らしたモニカを、クライヴは何度も揺さぶった。

「撤回してくれ！　そして、二度と口にするな！　約束は必ず守るから……！」

ぐらぐらと揺さぶられるせいで、気持ち悪くなってくる。

彼とは違う意味で真っ青になったモニカを見て、クライヴはようやく我に返ったようだ。

今度はおろおろとモニカの背中をさすったり、水の入ったコップを持ってきたりする。

ようやくモニカが落ち着いた時には、二人の間に漂っていた緊迫した空気はすっかり消えていた。

「――……ええと」

モニカは、どうしたものか、と逡巡した。

クライヴは元いたソファーに深く腰掛け、分かりやすく落ち込んでいる。

自分でも取り乱したことが信じられないのだろう。

正直、モニカも幻想を見たのではないかと心の隅で疑っていた。

「もしかして、クライヴって私のこと、結構好き、なんですか？」

おそるおそる尋ねてみる。

とんでもない自惚れ台詞だが、他に彼が錯乱した理由を思いつけない。

今、モニカに死なれるのが困るのは、分かる。

目的の途中で、せっかくの手駒を失うのは嫌だろう。

だが、公爵夫妻たちが亡くなったあとならば、モニカが死んでも計画に支障はないはずだ。

しかしクライヴは、それは絶対に許さないという。

モニカを大切に思っているから以外の理由があるなら、是非とも教えてもらいたい。

クライヴは片手で目元を覆ったまま、掠れた声で言った。

「嫌いな女なら、結婚までしていません」

つまり、嫌いではない、ということらしいが、その程度の感情であそこまで取り乱すものだろうか。

もしかしたら彼は、大切な人を自殺で亡くしているのかもしれない。

トラウマを抉られたせいで、というのなら納得がいく。

（それなら悪いことをした……って、私が反省するのもおかしいわよね。そもそもあんな話をしたのは、彼が公爵様のことを探ろうとしているからなんだもの）

釈然としない気持ちで、モニカは「なるほど」と呟いた。

「嫌いじゃない、くらいの気持ちは持って下さってるんですね」

「……きです」

クライヴの声は、小さすぎて聞き取れない。

ん？　と目を瞬かせたモニカを、彼は恨めしげに見遣った。

「好きです。あなたに何かあったら、と思うだけで取り乱す程度には、好きです。これでいいですか？」

なぜか逆上気味に言い切られる。

モニカは唖然とした。

クライヴはこちらを睨みつけたまま、動かない。

（……え？　これって返事を待たれている、の？）

剣呑な光を帯びた眼差しを向ける彼に、普段の完璧な貴公子の面影はない。

外面をどこかに置き忘れてきたらしいクライヴに、モニカの胸はきゅう、と締めつけられた。

考えるより先に口が動く。

「それも演技なら、さすがに傷つきます」

モニカの返事に、クライヴははぁ、と嘆息した。

「演技なら、もっと上手くやりますよ。私がどんな風に女性を口説くか、あなたは知っているでしょう」

それもそうだ。

クライヴは常に優しく、紳士的な態度でモニカに接してきた。

間違っても、こちらを睨みつけながら『これでいいですか』などとは言わなかった。

ここにきて、ようやく初めて『好きだ』と言われたことを自覚する。

言われ方には大いに問題はあるが、先ほどの告白が彼の本音だとしたら、これほど嬉しいことはない。

思わず、頬が緩んでしまう。

ふにゃり、と笑んだモニカを見て、クライヴは大きく目を見開いた。

「なんですか、その顔は」

「え？　そんな変な顔してますか？」

モニカは慌てて表情を引き締めようとしたが、込み上げる喜びのせいで、上手くいかない。

「初めて好きだと言ってもらえたので、つい……」

言い訳しながら、懸命に真顔に戻ろうとする。

クライヴはぐ、と眉根に皺を寄せた。

そこまで不快なのだろうか、と申し訳なく思ったところで、彼は再び立ち上がった。

今度はゆっくり近づいてくると、モニカの前に静かに跪く。

それから、壊れ物に触れるような手付きで抱き締めてきた。

「あなたが、好きです」

クライヴの真剣な声が耳元に響く。

「それでも私は、いずれあなたを置いていく。ずっと傍にいることはできない」

彼の腕の中で、モニカは息をひそめ、耳を澄ませた。

「私があなたに惹かれなければ、あなたを不幸にすることはなかった。どうか、許さないで下さい。憎んでくれていい」

クライヴの声に交じる悲嘆に、胸が痛いほど引き絞られる。

ときめきとはまた違う胸の痛さに、モニカはそっと息を吐いた。

それから、彼の広い背中に手を回す。

胸に頬を押し当てれば、確かな温もりが伝わってきた。

「私も、あなたが好きです。約束さえ守ってもらえるのなら、不幸になっても構わない。どうか、最後まで傍にいさせて下さい」

昨夜も告げた決意を、再び言葉に変えた。

クライヴはモニカの髪を片手で何度も撫でた。愛おしくてならないといわんばかりの手付きに、悲しみと喜びが同時に湧き起こる。

やがて、湿り気を帯びた声が聞こえた。

「……あなたは、本当に馬鹿だ」

彼はおそらく、後悔している。

任務の対象であるモニカを好きになったことも、結婚したことも、こうして気持ちを打ち明けたことも。

だが、モニカは違う。

後悔はどこにもない。

「夫婦は似てくるといいますものね」

優しく答えたモニカに、クライヴは低く呻いた。

四章　大好きなあなたと過ごす幸せな日々

どれくらいの時間、抱き締め合っていただろう。

紅茶が冷めきってしまったのは間違いない。

先に身体を離したのは、クライヴだった。

名残惜しい気持ちで見上げると、彼は「ああ、もう……」と呟き、モニカに右手を差し出した。

「長椅子で話しませんか。この調子だと、あと数回はソファーから立ち上がる羽目になりそうだ」

確かに長椅子でなら、二人並んで話せる。

モニカは迷わず彼の手を取った。

部屋の中を少し移動するだけだったが、繋いだ手の感触に胸がいっぱいになる。

このまま、離したくない。

モニカの気持ちが伝わったのか、長椅子に座ったあとも、クライヴは手を繋いだままでいてくれた。

「話の続きに戻りますが、三か月後にアンジェリカ嬢の誕生パーティーがあるとか」

気を取り直したように彼は話し始める。

冷静な表情に、感情の揺らぎは見られない。意識を切り替えたのだと否応なく分かる様子に、モニカも背筋を伸ばした。

「そのパーティーに私を同伴して欲しいのです。あなたはいつも通り楽しんでくれて構わない。私の行動を黙認して頂ければ、それで充分です」

「それも、任務の一環ですか？」

「そうですね。ヘイウッド公爵に関する任務は、それで最後です」

きっぱりとしたその言い方に、モニカはああ、と悟った。

終わりは、想像よりもっと近いところにあった。

アンジェリカの誕生パーティーを最後に、彼は去っていくつもりなのだ。

下がりそうになる口角を懸命に引き上げ、答える。

「分かりました。メラニー様に伝えておきます」

クライヴは安堵したように、肩の力を抜いた。

それから空いた方の手で、モニカの頬に触れる。

「助かります。……私からの要望は、パーティーまではこのまま結婚生活を続けて欲しいということです。身勝手すぎる願いだとは分かっている。償いにはならないでしょうが、あなたにも要望があるのなら、どうか教えて欲しい」

熱を帯びた眼差しで、彼は懇願した。

「どんなことでもいいんです。私にできることがあるなら、教えて下さい」

両親を亡くしてからというもの、モニカはあらゆることを『仕方ない』で済ませてきた。

シェルヴィ家の相続権を失うことも、『いつか素敵な男性を婿に迎えて、皆で仲良く暮らす』――そんな平凡な夢を捨てることも、どこにいようがその家の居候にすぎない身になったことも、全部仕方のないことだと。

譲れないものがあるとするなら、それは両親の死の真相にまつわること。

周囲の偏見に流されることなく、己の信念を貫き通した母と、そんな母を守り続けようとした父はモニカの誇りだ。

保身の為とはいえ彼らの死因を周囲に隠した叔父はもちろん、両親を愚かだと嘲笑する者とは、一切の関わりを持たないと決めている。

あとは、恩人であるヘイウッド公爵家の人々の安寧を願うことくらいか。

クライヴとの結婚を決めたあとも、そうだった。

多くを望まず、与えられた環境に満足しよう、と常に肝に銘じてきた。

そんなモニカに彼は、我慢しなくていい、と言っている。

「……本当に、望んでもいいの？」

クライヴは、嬉しそうに表情を緩めた。それから大きく頷く。

躊躇いのない反応に勇気づけられ、思いきって切り出す。

「それなら、新たな誓いが欲しいです」

「新たな誓い、ですか？」

「ええ。『死が二人を分かつまで共にいる』ことはできないのでしょう？　それなら、別の誓いを立てたいんです」

彼は不意を突かれたように、大きく目を見開いた。

こげ茶色の瞳に痛みが過ぎるのを見て、しまった、と慌てる。

「責めているわけではないわ！　傷ついてもいない、信じて下さい」

懸命に弁明するモニカに、クライヴはくしゃりと顔を歪めた。

「こんな時でさえ、あなたが心配するのは私の方なんですね」

彼はそう言うと、モニカの頬を指の腹ですり、と撫でた。

労りに満ちた触れ方に、胸が温かくなる。

「分かりました。一体、どんな誓いを立てたいのですか？」

「これからは、互いに決して嘘をつかない、という誓いです」

「それは……」

眉を曇らせたクライヴの手に自らの手を重ね、頬に押しつける。

「言えないことは、そのまま『言えない』と教えて下さい。それは嘘ではないわ」

彼は呆気に取られたように瞬きした。

それから、悪いことをした子どもを叱るような口調で言う。

「抜け道だらけだ。そんなものが誓いになると？」

「そんなことないですよ。とっても責任重大で、誠実な誓いだと思います。……駄目ですか？」

クライヴが嫌なら、仕方ない。

諦めようとしたモニカに、彼は首を横に振った。

「いいえ。では、その誓いに一つつけ加えさせて下さい」

一体なんだろう？　と首を傾げる。

「尋ねたいことやして欲しいことがあったら、遠慮せずに必ず伝えること」

クライヴはそう言うと、悪戯っぽく瞳を和ませた。

「答えられない時やどうしても無理な時は、お互い正直に言いましょう。誓いに則って」

彼の提案は、モニカの為だとすぐに分かった。

クライヴには分かっているのだ。

これまでモニカは聞きたいことがあっても呑み込み、して欲しいことがあっても我慢してきたのだと。

嬉しくて、幸せで、どうにかなってしまいそうだ。

モニカはきつく目を閉じ、込み上げてくる激情に耐えた。

それからふわりと微笑む。

「誓いがあるのなら、遠慮なく言えますね」

「そういうことです」

クライヴは満足そうに頷くと、モニカの頬から手を離した。

そして、その手を握り込み、自身の胸に押し当てる。

「私は今後、あなたに決して嘘をつかない。遠慮もしない。私の心臓にかけて、以上のことを誓う」

クライヴは真摯な眼差しでモニカを捉え、一つ一つの言葉をまるで心に刻むかのように言った。

途端、ぶわりと溢れた涙で視界が曇る。

大粒の涙を零すモニカの手を、繋がったままの大きな手がぎゅ、と握った。

力強い感触に励まされ、泣きながら彼と同じ言葉を口にする。

クライヴは握っていた手を離すと、両手でモニカの頬を包んだ。

「遠慮しなくていいのなら、誓いのキスをしてもいいですか？」

こくりと頷き、瞳を伏せる。

何より貴重なものに触れるかのような慎重さで、彼はモニカにキスをした。

重ねられた薄い唇が、そっと動き、愛おしいと告げていく。

これまで交わしたどのキスよりも優しく、繊細な口づけに胸がいっぱいになった。

──離れたくない。離れたくない……！

口に出す前から叶わないと分かっている願いが、心の中で暴れ回る。

クライヴのキスは止まない。

表面を触れ合わせるだけの口づけに、二人は夢中になった。

この時モニカは、自分の中にもう一つ、譲れないものが増えたことを知った。

◇◇◇

その日の夜、モニカは早速、ずっとして欲しかったことをクライヴに伝えた。

「──……朝、一緒に起こして欲しい、ですか？」

「はい。どんなに早くてもいいんです。眠かったら、そのまま寝ます。起きた時に、一人なのは寂しいんです」

寝室のベッドの上に正座し、心情を率直に打ち明ける。

同じくベッドの上で胡坐をかいたクライヴは、どうしたものか、というように考え込んだ。

無理なら即答してくれるはず、という希望的観測に縋って、言葉を重ねる。

「声をかけても起きなかったら、放っておいてもらって構いません。一日の始まりに、あなたの顔が見たいだけなので」

「……好きな女にそこまで言われて、断れる男がいるんでしょうか」

やがて聞こえた溜息交じりの返答に、モニカは瞳を輝かせた。

了承してもらえたことはもちろん、好きな女、というフレーズにも心が弾む。

「では、明日からそうしてもらえますか？」

「その前に、懺悔させて下さい。私は今まで、ここで眠ったことがない」

クライヴはそう言うと「ここだけじゃない。自室のベッドも使ったことはありません」と補足する。

モニカは呆気に取られ、まじまじと彼を見つめた。

早く目覚めてしまう、というのはモニカを傷つけない為の方便で、本当は自室に戻って眠っているのではないか。――そんな風に疑ったことも確かにあったが、まさか自分の部屋でも眠っていないとは思わなかった。

「で、ではどこで？　まさか、外で？」

一瞬頭を過った『野宿』という単語を、そんな馬鹿な、と打ち消す。

モニカの問いがおかしかったのか、クライヴはくすりと笑った。

「家にはちゃんといますよ。壁にもたれて座って眠ることが多いですね。部屋の隅だと割と安定するんです」

ごく一部の人間にしか役立たないであろう情報に、どんな顔をしていいか分からなくなる。

いかなる理由があるにしろ、ベッドに横たわって眠ることができないなんて尋常ではない。

由緒ある伯爵家に引き取られた遠縁の子ども、という彼の出自が今更ながら気になった。

クライヴが抱えている事情は、モニカの想像が及ばないほど深刻なものなのかもしれない。

「……そんな寝方をしていたら、いつか身体を壊してしまうわ」

他にも言いたいことはあったが、真っ先に口をついて出たのはそんな言葉だった。

クライヴはふ、と頬を緩める。

「今さえまともに動けばいいんです。長生きするつもりもないので」

本当にそう思っている、ということがよく分かる言い方だった。自暴自棄になっているわけではなく、行き着く先はそこしかないと信じ切っているような。

以前のモニカなら『それなら仕方ない』と割り切っただろう。

だが、もう今はできない。

自分と別れたあとも、クライヴには幸せに生きて欲しかった。

終わりがくることを受け入れたのは、同じ世界のどこかで彼が、笑って過ごしてくれればそれでいいと思えたからだ。

彼が早死にする未来など、到底許容できない。

「なぜ、ベッドでは眠れないのですか？」

モニカの踏み込んだ問いに、クライヴは目を丸くした。

それから嬉しそうに微笑み、モニカの頭をよしよし、と撫でる。

「いい傾向ですね」

「それは答えではないわ」

抗議する声は、随分甘いものになった。褒められたのが嬉しいのだから、仕方ない。

クライヴは笑みを浮かべたまま、口を開いた。

「悪夢を見るんです。大声で叫んで跳ね起きてしまうような。座って眠った日は見ずに済むと気づいてからは、ベッドに入るのが怖くなりました」

普段と変わらない口調だったが、こげ茶色の瞳は昏く翳っている。

モニカは無意識のうちに、胸を強く押さえていた。彼の苦しみが伝播したかのように、息が苦しい。

「いつからですか？　どんな悪夢なのか聞いても？」

「……すみません。それは秘密にさせて下さい」

「分かりました」

言いたくないことまで暴くつもりは、はなからない。

モニカはすぐに了承し、申し訳なさそうな表情を浮かべたクライヴの手を取った。

「一度だけ、一緒に寝てみてもらえませんか？　魘《うな》されそうになったら、起こしますから」

ひどい我儘だ。

彼の好きにさせるべきだ、ともう一人のモニカが警告してくる。

自己満足にすぎない提案だと分かっていてもなお、引くことができない。

クライヴは「それだと、あなたがゆっくり休めない」と渋っていたが、重ねて頼み込むとようやく頷いてくれた。

二人向かい合って横たわり、薄手の布団を肩まで引き上げる。

彼が緊張を残したままであることは、全体の雰囲気から伝わってきた。

本人もどうにかしたいらしく、深呼吸したり、枕の位置をずらしてみたり、と落ち着きがない。

これでは朝まで眠るどころか、寝つくこともできないだろう。

「はい、どうぞ」

両手を広げたモニカを見て、クライヴは眉根を寄せた。

「本気ですか？」

どうやら、こちらの意図は正しく伝わったらしい。

モニカはにっこり笑って頷いた。

「もちろん。嫌なら、無理強いはしません。でも、遠慮はしない約束です」

「……分かりました。腕が痛くなっても知りませんよ」

クライヴは捨て台詞じみたことを言うと、一気に距離を詰めてきた。

ぽすん、とモニカの胸に顔を埋め、腰に両手を回してくる。

引き締まった大きな身体の感触が、何より愛おしい。

裸で抱き合う時よりも、深く満たされた気持ちがするのはなぜだろう。

「なんなら、子守歌もつけましょうか？」

モニカはくすくす笑いながら、彼の背中を撫でた。

せめて今だけでも、任務のことなど忘れて、安らいで欲しい。

そう強く願いながら、ゆっくり、優しく撫でる。

初めは強張っていたクライヴの身体から、徐々に力が抜けていく。

「歌はいいです。なにか、話して下さい。あなた自身についての話じゃない方がいい。どうでもいいと聞き流せるものにして欲しい」

なんとも我儘なリクエストに、ますます笑みが深まる。

モニカは思案した結果、最近流行っているドレスのデザインや髪型の話をすることにした。

うん、うん、と打たれる相槌の間隔が、次第に広がっていく。

最近見かけた珍しい扇の話に移ったところで、腕にかかる重みがずん、と増えた。

話を続けながら、そっとクライヴの顔を覗き込んでみる。

彼は無防備な寝顔を晒し、すーすーと寝息を立てていた。

至近距離で観察してみると、目の下に薄らクマが浮いていることに気づく。

(昨夜は上手く眠れなかったのかしら。私だけ昼まで寝てしまって、なんだか申し訳ないわ)

ごめんなさい、と心の中で謝り、モニカも全身から力を抜いた。

大切な人の重みを感じながらまどろむ時間は、本当に心地よいものだった。

このまま彼が朝まで眠れるといい、と思いつつ、うとうとと船を漕ぐ。

気づけばモニカまで寝てしまっていたらしい。

ハッと覚醒したのは、腕の中のクライヴが苦しげに身動ぎしたからだ。

「……ろ、……めろッ……！」

彼はモニカから腕を引き、胸元をかきむしった。

「くそが、ああ、やめ……逃げろ、早く逃げ、ああ、あああッ！」

まるで起きているかのようにはっきりした罵声と悲鳴が、静まり返った寝室に響く。

聞いているこちらの心に血が滲んできそうな、悲痛な声だった。

モニカは、もがくクライヴを抱き締め、懸命に背中を撫でた。

魘されたら起こすと言ったことは、頭から吹っ飛んでいた。

内心の動揺を抑え込み、できるだけ優しい声を作って耳元で囁く。
「しーっ、大丈夫。大丈夫よ、クライヴ」
一瞬びくりと震えた彼が、今度は縋るように抱きついてきた。
死に物狂いという表現がぴったりのものすごい力に、骨がみしり、と音を立てる。
モニカは歯を食い縛り、鈍い痛みに耐えた。
「……てくれ、……あさん、…ティム、ゆるし、て……」
途切れ途切れに誰かに許しを請い続けた彼は、しばらく経つと静かになった。
うわ言は収まったものの、閉じられた目からは大粒の涙が溢れている。
気づけば、モニカも泣いていた。
彼の声に滲んだ深い悲しみと後悔に共鳴した心が、耐えきれなくなったのだろう。
だが、本当に苦しいのはクライヴであって、モニカではない。
彼の濡れた頬を指でそっと拭い、形の良い頭を引き寄せる。
クライヴは何の抵抗も見せず、モニカの胸に顔を埋めた。
みるみるうちに濡れて冷たくなっていく胸元の感触に、きつく唇を噛む。
(ごめんなさい。本当にごめんなさい)
悪夢を見たくない、と彼は言っていたのに。
きちんと休んで欲しい、と身勝手に願ったばかりに、酷い目に遭わせてしまった。

クライヴがようやく泣き止んだ時は、心底ホッとした。

枕もネグリジェも、びしょびしょだ。

このままでは、寝心地が悪いはず。

(着替えてきた方がいいわよね。カバーを替えるのは無理だから、タオルを取ってきて――)

胸の中で算段をつけながら一旦離れようとしたモニカは、息を呑んだ。

クライヴが眉間に皺を寄せ、縋るようにしがみついてきたのだ。

いたいけな子どものようなその行動に、目が眩むほどの愛おしさを覚える。

(ああ、もう……!)

強く抱き締め返したい衝動を堪えるのは、大変だった。

モニカは何とか冷静さを取り戻し、もうこのままでいいか、と諦めた。

指通りのいいサラサラの髪を撫でながら、ぼんやりと思いを巡らす。

真っ先に脳裏に浮かんだのは、墓碑の前に供えられた白百合の花束だった。

墓地で見かけたクライヴは、別人のように厳しい顔をしていた。

過去に、一体何があったのだろう。

もしかして、クライヴも家族を亡くしているのでは?

そこまで考えたところで、両親が死んだ時の衝撃まで思い出しそうになり、慌てて思考を切り替える。

これ以上、彼の内側に踏み込んではならない。

大好きな人だからこそ、全てを知りたいと望んではならない。

誰かに打ち明けることすら困難な、深い傷になっている過去なら、尚更だ。

(朝になったら、謝ろう)

そして、もう無理はしなくていいと伝えよう。

モニカは数年ぶりに、朝方まで一睡もできなかった。


翌朝、クライヴは何事もなかったかのようにパチリと目を覚ました。

まだ朝陽が昇ったばかりで、朝食の時間までは二時間近くある。

彼は何度か瞬きをしたあと、こちらを見上げ「ああ、そうだった」という顔をした。

「……おはよう」

眩しげに目を細め、柔らかく笑むクライヴに、たまらなくなる。

「おはようございます。あの――……」

昨夜のことを何と説明したものかと口籠っているうちに、彼は上体を起こし、うーん、と伸びをした。

それからモニカを見遣って、感心したように言う。

「こんなにスッキリした気分は、久しぶりです」

「……え？」

「やはりベッドで寝ると違うんだな……。あなたのお陰ですね」

心底嬉しそうな彼の顔に、モニカは胸を撫で下ろした。

どうやら、クライヴは魘されたことを覚えていないらしい。

それならわざわざ掘り返すことはない。

モニカも起き上がり「それならよかったです」と答えた。

クライヴはじっとこちらを見つめ、モニカの目の下にそっと指を当てた。

端整な顔がみるみるうちに曇っていく。

「あなたは眠れなかったんですね」

ちゃんと寝た、と答えて安心させたかったが、嘘はつけない。

「今までで一番、幸せな夜でした」

代わりに本音を口にする。

クライヴは小さく息を呑み、モニカを見つめた。

目に焼きつけたいといわんばかりの強い眼差しに、照れくさくなる。

「さあ、もう起きないと。鍛錬をしてから、朝食を取るのでしょう？」

目の下に当てられたままの指を取り、ぎゅ、と握る。

クライヴは手を繋ぎ直して持ち上げると、モニカの手の甲に唇を押し当てた。

騎士が姫に捧げるような恭しいキスだった。

彼は更に、モニカの手の甲に頬を擦りつけてくる。

いつになく甘えた態度に、思わず笑みが零れた。

「クライヴ？　もしかして、寝ぼけていない？」

ここぞとばかりにからかってみる。

「そうかもしれません。夢のように幸せな気分なので」

一拍置いて、笑みを含んだ明るい声が返ってきた。

彼も自分と同じ気持ちなのだと分かり、すっかり嬉しくなる。

クライヴはベッドから下りると、モニカを振り返った。

「朝食の時間になったら、起こしにきます。それまで寝ていて下さい」

「眠くないわ」

「そんなクマを作っておいて、よく言う」

彼はモニカの目の上に手を置き、目を閉じるよう促してくる。

「いいから、寝て下さい」

命令口調でも全く威圧感を覚えないのは、心地よく響く声がどこまでも甘いから。

「眠くないのに……」

本当は嬉しくて仕方なかったが、しぶしぶといった体《てい》を装い、目を閉じた。

ずっとこんな風に気安く接してみたかったのだ、と今になって自覚する。

「いい子ですね。では、またあとで」

クライヴはモニカの額に一つキスを落とし、部屋を出て行く。

ぱたり、と閉まるドアの音を、モニカは満ち足りた気持ちで聞いた。

◇◇◇

それからの一か月は、飛ぶように過ぎた。

相変わらずクライヴは忙しいらしく、夕食の時間に帰宅できるのは、週に一、二度程度のものだ。

だが以前とは違い、彼は帰宅すると必ずモニカの顔を見に来てくれるようになった。

起きて待っていられた日は、軽めのワインを飲みながらその日あったことを互いに話してから、同じベッドに入る。

新たな誓いを立ててからというもの、身体を重ねたことは、まだない。

物足りない気持ちがないといえば嘘になるが、ただ抱き締め合って眠る毎日はひどく穏やかで、この平穏を壊したくない気持ちの方が強かった。

待ちきれず先に寝てしまった日は、夜中に目覚める。

モニカを抱き込むようにして眠っているクライヴが、悪夢に魘されるからだ。

彼のうわ言の内容は、ほぼ毎回同じだった。

苦しげにもがくクライヴを抱き締め、背中を撫で、『大丈夫』だと何度も囁く。

モニカの枕の下には、肌触りの良いタオルが常備されるようになった。

悲鳴が落ち着くのを待って、ぼろぼろと零れる涙をタオルで拭けば、彼は安心したように再びモニカの胸元に顔を埋める。

そして朝にはすっきりした顔で目覚めるのだ。

悪夢に魘される時間は、日に日に短くなっている。

ある意味、心の毒抜きになっているのではないか、とモニカは推察していた。

自身の眠りを妨げられることを不快に思ったことは、一度もない。

むしろ、嬉しくすらあった。

クライヴの悪夢を宥められるのは自分だけだ。

誰にもこの役目を譲りたくない。

そんな歪んだ独占欲を胸に、大好きな人の世話を進んで焼く。

不思議なことにクライヴは、一度泣いてしまえば、そのあとはぐっすり眠れるようだ。

それが分かってからは、モニカも朝まで起きていることはなくなった。

愛おしすぎて胸が痛くなるような日々の終わりは、一日一日近づいて来ている。

だからこそ、一日も無駄にしたくない。

そう思っているのはクライヴも同じらしく、一緒にいる時は必ずモニカのどこかに触れている。

片時も離れたくないといわんばかりの二人に、侍女やメイドたちは微笑ましげな眼差しを向けた。

そんな中、執事だけは、どこか心配そうにモニカを見ている。

おそらく執事は、クライヴの目的を知っているのだろう。

ある日、こっそりクライヴに確かめてみると、彼は「そうだ」と認めた。

「執事には、あなたのことを頼んであります。私がいなくなっても、この家であなたを支えてくれるように」

「……私は、この家にいてもいいの？」

モニカは驚いた。

終わりの時がきたら、てっきり離縁されると思い込んでいたのだ。

「もちろんです。詳しい話はできませんが、何不自由ない暮らしができるように手配してあります」

クライヴは断言したあと、複雑そうな表情を浮かべた。

「あなたが再婚してからも、できれば雇用してもらえるとありがたい。彼には本当に助けてもらったので」

　再婚、という言葉に、大きく目を見開く。

　一瞬、何を言われたのか分からなかった。

　気づけばモニカは、激しく首を振っていた。

　彼が去ったあとの人生についてなど、考えたくもない。

「再婚はしません。あなた以外の人の妻になるのは、嫌です……！」

　激しい拒否反応に襲われ、握り締めた手がぶるぶる震える。

「モニカ、聞いて下さい。私は、あなたの為に――」

「いや…っ！　聞きたくない！　二度と仰らないで！」

　クライヴに置いていかれる現実を受け入れたのは、彼を愛しているからだ。

　彼が好きで、好きで、たまらないからだ。

　だからこそ、モニカはクライヴのしたいことを止めることができない。

　決して、彼が消えたあとの人生に新たな希望を持っているからではない。

「あなたを失う未来を、私は呑み込んだわ。それ以上のことを、私に望まないで！」

　涙を零して激高するモニカを、クライヴは強く抱き締めてきた。

　それから何度も「すまない。もう言わない」と繰り返す。

　彼の声も涙で滲んでいることに気づき、ようやく心が落ち着いてくる。

モニカはぐすぐす鼻を鳴らし、クライヴの広い胸に頬を擦りつけた。

「あなたがどこにいても、私はあなたを想い続けるわ。それくらいは、許してくれてもいいでしょう？」

「……私も同じです」

苦しげな声が降ってくる。

クライヴはモニカの髪に唇を押し当て、囁いた。

「あなただけだ。私の妻は、生涯、あなただけだ」

互いに嘘をつかない。例の誓いを思い出し、モニカは深い安堵に包まれた。

少なくとも今は、そう思ってくれているということだ。

この先もしもクライヴの気が変わって、別の女性を愛しても、モニカは今の言葉だけで生きていける。

「執事には、ずっとこの家にいてもらいます。約束するわ」

決意を込めて伝えると、彼はふ、と身体の力を抜き、「お願いします」と言った。


そして迎えた結婚記念日である今日――。

モニカはクライヴの腕に手をかけ、大通りを歩いている。

モニカの両親は毎年、結婚記念日に互いの欲しいものを贈り合っていた、と話したところ、クライヴが「私たちもぜひ、そうしたい」と言い出したのだ。

わくわくした様子を隠し切れない彼に「最後の記念日デートで両親は死んだ」とは言えなくなる。

すぐに答えられないモニカを見て、クライヴは不安そうに眉尻を下げた。

「……形に残るものは、嫌ですか？」

「まさか！　あなたの選ぶものがクッキーやチョコレートなら、盛大に拗ねます」

間髪を容れずに否定すれば、彼はホッとしたように瞳を明るくした。

夏を目前に控えた外は、半袖ドレスでちょうど良い気温だ。

クライヴも上着の代わりにベストを着用し、シャツの袖は肘まで捲り上げている。

本当は彼から離れ、日傘をさした方がいいのだが、あと何度こうして一緒に歩くことができるだろうと思うと、もったいなくてできない。

クライヴも、モニカに日傘を勧めはしなかった。

大通りには、宝飾店やドレスの仕立屋、帽子や扇などの小物を専門に扱う店がずらりと立ち並んでいる。どれも上流階級の人間をターゲットにしている高級店で、値段は高い分、品質には間違いがない。

「どうしましょう。色々ありすぎて、決められないわ」

モニカは早々に音を上げた。

ショーウィンドウに飾られているお勧め商品を眺めて回るだけでも、一日が終わってしまいそうだ。

「ゆっくり見て回ればいいでしょう？　焦らなくても、まだ時間はある」

そういうクライヴは、すでにラッピングされた包みの入った紙袋を提げている。

新しい懐中時計が欲しい、という彼の為に、モニカが選んだものだ。

十年近く前に自分で購入した時計は、随分古くなってしまったらしい。

『目的を果たしたあとは、あなたにもらった時計を使いたいんです』とクライヴは説明した。

初めに入った店で、彼によく似合う洒落た懐中時計を見つけられたのは、幸運だった。

時計の表面を覆う銀の蓋には、翼を広げた鷲のモチーフが刻まれている。

力と強さ、そして孤高を表す鷲は、クライヴにぴったりだ。

彼も一目で気に入ったらしく、嬉しそうに瞳を輝かせていた。

さあ、次はモニカの番だと店を出たまではよかったが、具体的に欲しいものが思い浮かばないせいで、どこへ行くかも決められない。

仕方なく各店のショーウィンドウを見て回ることにしたものの、やはりこれといって欲しいものはなかった。

「この調子だと、最後まで決められない気がするわ……」

困ったモニカは、そうだ！　と隣の夫を見上げた。

「あなたが選んで下さらない？　それなら、どんなものでもきっと嬉しいわ」

クライヴは目を丸くしたが、すぐに仕方ないといわんばかりの笑みを浮かべた。

可愛い我儘娘を見守るようなその眼差しに、胸がふわふわと弾む。

「では、ネックレスはどうでしょう？　アンジェリカ嬢の誕生パーティーの為に、ドレスを新調したと言っていたでしょう？　そのドレスに合うものを、私に買わせて下さい」

その誕生パーティーで、彼の任務は終わる。

胸を引き裂くような痛みに襲われそうになり、モニカは慌てて気を逸らした。

「いいわね！　ドレスは、深みのあるオレンジ色なの。私の髪色に合うと、お義母様が勧めて下さって。鎖骨と肩は空いていて、ネックラインには花弁みたいなフリルがあしらわれているのよ」

「それは、当日が楽しみだ。オフショルダーのデザインであれば、チョーカータイプのネックレスがいいかもしれませんね」

あらわになった首に巻かれる繊細なチョーカーを想像し、うっとりと目を細める。

「なんて素敵な提案なんでしょう。とっても欲しくなってきたわ」

「ぴったりのものが見つかるといいですね」

喜ぶモニカを見て、クライヴも声を弾ませた。

彼のエスコートで、早速宝飾店へ向かう。

二軒目に入った店で、モニカは一点のネックレスに目を留めた。

ダイヤモンドと真珠がバランスよく配置されたチョーカータイプのそのネックレスは、同じショーケースに並んだどれより、キラキラと輝いて見える。

モニカが何か言う前に、隣にいたクライヴが店員に声をかけた。

「これを出してもらえますか？」

「はい、旦那様」

適切な距離を保って礼儀正しく待っていた年嵩の店員が、いそいそと近づいてくる。

「どうぞ。ぜひ、ご試着なさって下さいませ」

店員はビロード張りの台にチョーカーを載せると、どこからか手鏡を持ってきた。

クライヴが慣れた手付きで、モニカの首にチョーカーを装着する。

彼は店員から手鏡を受け取ると、見やすいように角度を調整した。

「サイズは合っているようですね。それに、とてもよく似合ってる」

こげ茶色の瞳には紛れもない賞賛が浮かんでいる。

熱っぽくこちらを見下ろすクライヴにときめくのと同時に、洗練された一連の行動に、少しだけ面白くない気持ちになった。

(きっと、シャーロット殿下にも、今と同じことをしたことがあるのね)

要は、くだらないやきもちだ。

今更妬いても仕方ないと分かっているのに、なかなか元の気分に戻れない。

感情をコントロールできない未熟な自分を腹立たしく思っていると、クライヴはおや、と小首を傾げた。

「気に入りませんか？　では、もっと他の――」

「いいえ、とても気に入りました。これがいいです」

モニカは慌てて主張した。

デザイン的にも色合い的にも、新調したドレスによく合っている。

クライヴは怪訝そうな顔をしたが、ここで追及しても無駄だと察したのだろう。スマートに会計を済ませ、プレゼント用に包装して欲しいと頼んだ。

高額な商品を即決した客だということで、店の奥から店長が出てきて、自らネックレスの最終チェックを行う。

モニカとクライヴは、案内された応接コーナーのソファーに座って待った。

待っている間中、物問いたげにこちらを見つめる彼の視線に、モニカは気づかないふりをした。

「ありがとうございました。またのお越しをお待ちしております」

深々と頭を下げる店員に見送られ、店外へ出る。

背後で店の扉が閉まった途端、モニカはクライヴにぐい、と引き寄せられた。

至近距離で顔を覗き込まれる。

切れ長の美しい瞳は、剣呑な光を帯びていた。

「試着していた時、何を考えていたんですか？」

いつになくきつい口調に、モニカは目を丸くした。

彼が人目のある場所で、こんな風に感情をあらわにするのはとても珍しい。

『言いたくない』と答えることもできたが、ここは素直に伝えることにした。

「嫉妬してしまっただけです」

モニカの返答に、クライヴは眉根を寄せた。

「嫉妬……？　一体、何に」

本気でわけが分からないと思っている様子に、先ほどまで胸のど真ん中に居座っていた不快感がスッと消えていく。

「とても手慣れていらしたでしょう？　他の方にも同じようにしたことがあるんだろうなと想像してしまったの」

王女の名前は出したくなくて、ぼかした言い方をする。

クライヴはようやく腑に落ちたように、なるほど、と呟いた。

それから屈めていた身を起こし、モニカの手を取って彼の腕にかけさせる。

「家へ帰る前に、墓地へ寄ってもいいですか？」

突然変わった話題に驚いたものの、断る理由はどこにもない。

「もちろんです。お花を買っていきましょう」

買う花束は、一つでいいのだろうか？　それとも二つ？

モニカの疑問は、墓地の前にある花屋で解消された。

クライヴは白薔薇の花束と、白百合の花束を一つずつ求めたのだ。

彼はまず、モニカの両親の墓石を目指した。

献花台に白薔薇の花束を供え、しばし黙祷する。

目を開けたのは、モニカの方が早かった。

正直、もう一つの花束が気になりすぎて、両親と話すどころではなかった。

クライヴは長い間祈ったあとで、ようやく目を開けた。

互いに黙したまま、墓石の前を離れる。

クライヴに連れられて向かった先は、やはりあの慰霊碑だった。

彼は白百合の花束を置くと、墓碑に彫られたエドマンド王の弔辞に手を伸ばし、ゆっくりなぞった。

丁寧な手付きとは裏腹に、その表情は厳しく冷たい。

彼が触れたのは、クライヴの主人である国王が捧げた言葉だ。だが、とてもそうは思えない敵意の籠った顔に、モニカはごくりと喉を鳴らした。

（もしかして、彼は……いいえ、そんなはずないわ……）

浮かんでくるあり得ない想像を、慌てて打ち消す。

王の懐刀であるクライヴが、エドマンド王を憎んでいるなんて、あるはずがない。

憎んでいるのなら、十年近く忠誠を誓って傍に仕えたりできないはずだ。

毎夜、彼の夢に出てくる人たちがここに眠っている可能性だって、限りなく低い。

クライヴは、遠縁とはいえ、レンフィールド伯爵家に連なる人間なのだ。

貧民街に住む者と親密に交流できる立場ではない。

（でも、もしも、そうだとしたら……）

考え込むモニカの肩を、クライヴはおもむろに抱き寄せた。

それから、ゆっくり口を開く。

「私は、レンフィールド伯爵の実子ではありません」

モニカはハッと彼の顔を見上げた。

数秒ほど見つめ合ったあと、クライヴは苦笑した。

「やはり、知っていたのですね。あなたに伝えたのは、アンジェリカ嬢ですか？　それとも公爵夫妻かな。どちらにしろ、調べないと出てこない情報のはずなのですが」

「……アンジェリカ様です」

「いつ、知ったのですか？」

「結婚式の前日に」

素直に答えたモニカに、クライヴは大きく目を見開いた。

「直接確かめようとは思わなかったのですか？　あなたはご両親について打ち明けてくれたのに、私は何も言わなかった」

信じられないといわんばかりの口調に、モニカは小さく首を振った。

「実は、一度だけ聞こうと思ったことはあるんです。でも、できませんでした」

「それは、なぜ？」

クライヴの胸に頭を預け、瞳を伏せる。

「誰かに話すことですっきりする人と、余計に辛くなる人がいると思うんです。もしも、あなたが後者なら、誰にも触れられたくない傷を抉ることになる」

「……あなたはいつも、人のことばかりですね」

溜息交じりに、彼は零した。

モニカの肩に回された手に、力が籠る。

「そんなことありません。それにこれは、クライヴから教わったことです」

「私から？」

「ええ。覚えていますか？　私が両親の死の真相を打ち明けた時、あなたは『それ以上思い出さなくていい』と言ってくれた。あの時、私はとっても安堵したんです。もう何年も昔の話なのに、まるで昨日のことみたいに感じてしまって、辛かったから」

モニカの打ち明け話に、クライヴは静かに頷いた。

「覚えていますよ。今にも泣き出しそうなあなたを見て、衝動的に抱き締めてしまったことも、全部」

「ふふ……結局、我慢できずに泣いてしまったわ」

まだあれから二年近くしか経っていないとは思えない。

もうずっと彼とは一緒に生きてきた気がした。

「私には、両親と妹、そして弟がいました。妹とは二つ違いだったんですが、弟とはかなり歳が離れていて。私たちは皆、小さい弟をとても可愛がっていた」

突然始まったクライヴの話に、モニカは息をひそめた。

一言も聞き漏らすまいと、神経を集中させる。

「みんな、死にました。……いや、違う。焼き殺されたんです」

焼き殺された、という言葉に、悲鳴が漏れそうになる。

モニカは気力の全てを振り絞って、平静を装った。

「かろうじて弟だけは顔が判別できましたが、両親と妹は、発見された場所と体型から、きっとそうだろうと分かる程度で。……実はどこかで生きてるんじゃないか、と昔は時々思ったりしました」

淡々とした語り口だったが、微かに震える声は、彼が今なお抱えている激しい痛みを伝えてくる。

クライヴが毎夜、悪夢の中で叫ばずにいられない理由がようやく分かった。

彼は、家族全員を『ラースネルの悲劇』の火事で、失ったのだ。

「今でも、ありありと思い出せます。父は横たわったまま、両手を突き上げていた。母と妹は、そんな父に覆い被さるようにして、黒くなっていた。弟は……弟は――」

「もういい。クライヴ、もういいわ」

彼の背中に手を回し、全力で抱き締める。

「私しか、いないんです。彼らの無念を晴らせるのは、私しか」

クライヴは血を吐くような声で言うと、モニカを抱き締め返した。

彼の目的が何なのか、ここにきてようやく見えた気がする。

言いたいことは沢山あった。

本当にそうなの？

ご家族が望んでいるのは、復讐なの？

せめてあなたには幸せに生きて欲しいと願っているのではないの？

正論ではあるかもしれないが、全部きれいごとだ。

今なお惨い記憶に苦しむクライヴにそれらのきれいごとを告げていい者がいるとするならそれは、彼と同じ目に遭った者だけ。

かけがえのない家族の無残な焼死体を前に、慟哭《どうこく》したことがある者だけだ。

モニカには、彼の悲しみと苦しみを受け止めることしかできない。

強張ったクライヴの身体から力が抜けるまで、黙って抱き締め合う。

辺りが薄暗くなり始めた頃、ようやく彼は深々と息を吐いて、モニカを離した。

「……すみません。あなたには、甘えてばかりですね」

顔を上げたクライヴは、すっかりいつもの彼だった。

こげ茶色の瞳は、潤んですらいない。

こんな時ですら泣けないのなら、夢の中でくらい存分に泣いて欲しい。

「この話は、これまで誰にもしていません。私と同じ目的を持っている者にも、話したことはない。家族の墓参りに、誰かと来たのもこれが初めてです」

彼の告白に、モニカは瞳を瞬かせた。

突然話が変わった気がしたのだ。

クライヴは悪戯っぽく瞳を煌めかせ、モニカの顔を覗き込む。

「シャーロット様にも、もちろん言ってません。これで安心してもらえましたか？」

王女の名前に、耳がカァッと熱くなる。

どうやら彼には、モニカが誰に妬いたのかお見通しだったらしい。

だからここへ連れてきてくれたのだ、と腑に落ちると共に、子どもじみた嫉妬心を抱いたことが恥ずかしくなった。

「心配なんてしてません」

クライヴは小首を傾げ「本当に？」と追撃してくる。

「本当です。」

「そうですか？　嫉妬と不安は違うでしょう？」

「いつ、誰に？　私はよく嫉妬しているし、不安にもなっていますよ」

しれっとした顔で放たれた言葉に、顔を顰める。

「いつ、誰に？　私にはあなただけなのに」

「パーティーに出たあなたを、物欲しげに眺める男どもに。あなたが全く気づいていないから、耐えられているだけです」

「な……っ」

ますます赤くなったモニカを見て、クライヴは頬を緩めた。

それから、はあ、と肩を落として軽く天を仰ぐ。

「クライヴ？」

「……自分で自分が信じられない。この場所で、こんな風に笑う日が来るなんて思わなかった」

まるでそれが罪であるかのような口ぶりに、胸が痛くなる。

「いけないことではないわ。泣いたり苦しんだりしているあなたを、ご家族が見たがっているとは思えないもの」

モニカの主張に、彼は目を瞬かせ「それは……確かに」と認めた。

「でしょう？　仲の良いご家族だったのよね」

クライヴは墓碑に目を向け、柔らかな表情を浮かべる。

「そう、ですね。食べ物にも着る物にも困るような生活でしたが、両親が喧嘩しているところは一度も見たことがない。父も母も子煩悩で、私たちの腹を満たすことばかり考えていた」

温かさを感じるその声に、怒りや悲しみの気配はない。

今、彼は、確かに存在していた愛おしい時間を思い出している。

そんな気がして、嬉しくなる。

「素敵なご両親だわ。妹さんは、どんな方だったの？　おてんばだったのかしら？　それとも大人しい女の子？」

クライヴに寄り添い、明るく尋ねる。

「ハンナは、すごく勝ち気で生意気な子でした。私が仕事を得る為に家を出た時も『すぐに泣いて帰ってくるに決まってる』なんて憎まれ口を叩いて」

「まあ。ふふっ、きっと寂しかったのね」

「今思えば、そうだったんでしょう。簡単に諦めて帰ってくるな、という激励の意味もあったのかもしれません」

クライヴの心に今なお住んでいる弟妹は、モニカにとっても義理の弟妹だ。

ハンナ。そしてティム。

胸の中で二人の名前を呼び、生前の彼らに想いを馳せる。

生きていて欲しかった、と不意に強く思った。

ハンナはモニカにも憎まれ口を叩いただろうか。

ティムは懐いてくれただろうか。

確かめる術はもうない。永遠に失われてしまった機会を、心から悔しく思う。

黙り込んだモニカを見遣り、クライヴは「今更ですが」と切り出した。

「私は貧民街出身の平民です。レンフィールド伯爵家とは何の関係もない」

今度は何の話だろう、と首を傾げる。

「そうみたいですね」

「みたいですね、って……」

クライヴは眉根を寄せ、道理を知らない子どもに言い聞かせるような口調になった。

「あなたは子爵家のお嬢様だ。本来なら私は、口を利くこともない相手でしょう。気にはならないのですか？」

「確かに今の形でなければ、出会う機会はなかったと思います」

「そうではなくて」

彼はくしゃりと前髪をかき上げ、低い声で尋ねてくる。

「……汚いとは思わないんですか」

モニカは大きく目を見開いた。

まさか、そんなことを確認されるとは思ってもみなかった。

貧民街に住んでいるというだけで、相手を汚いと蔑むような人間だと思われていたのだろうか。

違うにしても、彼自身の生い立ちを辱める発言であることに変わりはない。

沸々と怒りが湧いてくる。

「私が、あなたを？」

モニカはクライヴをひたと見据えた。

「家族の為に仕事を得ようと努力したあなたを、支え合って懸命に生きていたあなたのご家族を、私が汚いと思うと本気で仰っているの？」

そんなわけあるはずがない。

生まれもった貧しさが、その人の価値を決めるわけではない。

裕福でも、心が貧しい人間は沢山いる。

『本人にはどうすることもできない理由……そうね、たとえば、生まれとか身分とか、貧しさとか、容姿とか。そんなことで誰かを馬鹿にしたり、見下したりする時、人は誰より醜い顔をしているのよ。あなたには、そんな人になって欲しくない』

母はモニカにそう教えてくれた。

母の教えは、モニカの根幹を形成している。これはかりはいくらきれいごとだろうが、譲ることはできない。

「馬鹿にしないで。私があなたを好きになったのは、あなたが伯爵家の人間だからじゃないわ」

感情が昂ったせいで、涙がじんわり滲んでくる。

クライヴは呆気に取られていたが、やがて苦しげに顔を歪めた。

「……あなたが、あなたじゃなければよかった」

「それは、どういう――」

腹を立てたまま問い返そうとするモニカの唇に、彼は手を当て、言葉を封じてしまう。

「あなたが、私を汚いと見下すような人なら、もっと話は簡単だった。……違うと分かっていて、尋ねてしまいました」

すみません、とクライヴは謝り、唇に当てた手を滑らせてモニカの濡れた眦を拭った。

その手付きのあまりの優しさに、煮え立っていた怒りがみるみるうちに萎んでいく。

彼の端整な顔に浮かぶやるせなさは、クライヴが抱いている葛藤を如実に表していた。


その日の夜――。

広いベッドの上、すぐ触れられる距離で、モニカとクライヴは向かい合っていた。

全ての灯りが消された寝室の床に、カーテンの隙間から差し込む月光が細い光の道を描いている。

いつもなら「おやすみなさい」と言い合って眠りに就く頃合いだ。

だが今夜は、どちらもそうしようとしない。

クライヴが何を考えて動かないのかは分からないが、モニカはこのまま眠ってしまうことを、惜しく感じていた。

今日は、彼が抱えていた秘密の一角を明け渡してもらえた、記念すべき一日だった。

墓地でのやり取りの余韻は、まだ心に残っている。

先に動いたのは、クライヴだった。

おもむろに右手を伸ばして、モニカの手を取る。

二人は黙ったまま、手の平をぴったり合わせ、指を絡めた。

クライヴは、食い入るようにこちらを見つめたままだ。

こげ茶色の瞳に浮かぶ熱に、ぶるりと身体が震える。

触れる許可を希《こいねが》うようなその視線に、小さく頷いたのが、合図になった。

あっという間に押し倒され、唇を塞がれる。

彼は舌を出し、モニカの唇をぺろりと舐め上げた。

「口を開けて」

掠れた低音は、焦燥を帯びていた。

まるで、ずっとそうしたかったといわんばかりの性急さに、胸が甘く痺れる。

素直に口を開き、肉厚の舌を受け入れる。

舌先を軽く擦り合わせるだけで、ぞくぞくとした快感が背筋を駆け上った。

瞳を伏せてキスに没頭するクライヴが放つ、圧倒的な色気に眩暈を覚える。

たまらず目を閉じれば、今度はキスの生々しい感触がよりダイレクトに伝わってきた。

「んぅ……ん、は…ぁ」

舌先を擦り合わせては、深く絡めて吸い上げる。

クライヴのキスは情熱的で、しかも執拗だった。

歯列から上顎に沿って丁寧になぞられ、ざらりとした部分を何度もくすぐられているうちに、生理的な涙が浮かんでくる。

まだキスしかしていないのに、気持ち良すぎて、どうにかなってしまいそうだ。

（こんなの、初めて……）

ずっと手加減されていたのだ、と改めて実感する。

やはりこれまで彼は、任務の一環としてモニカを抱いていた。

嘘をつかれていたと知った時は感じなかった悲しみが、じわりと湧いてくる。

モニカの心情の変化に気づいたのか、クライヴはキスを止めた。

至近距離から瞳を覗き込まれる。

「嫌でしたか？」

不安げに揺れる声に、何度も首を横に振った。

嫌なわけがない。

ただ、悲しいだけだった。

何も知らずに蕩けて、喘いで、達していたかつての自分が、ひどく惨めなだけだ。

「では、なぜそんな顔を？」

頬に伝った涙の雫を、クライヴはそっと舐め取った。

「……大変でしたか？」

小さくしゃくり上げながら、尋ねる。

クライヴは意表を突かれたように、瞬きした。

「私に怪しまれないよう、週に一度、抱かなきゃいけないのは――」

涙に震える声が、静まり返った寝室に響く。

最後まで伝えることはできなかった。

突然クライヴに口づけられたせいで、言葉が押し戻されてしまったのだ。

余裕のない荒々しいキスに、目を丸くする。

流されまいと抗っても、無駄だった。

大きな手で顎を掴まれ、動けないよう固定される。

強引な口づけから、彼が怖がっていることが伝わってくる。

無理やり高められる快感に、心だけが置いていかれそうだった。

ぐったりと力を抜いたまま、積極的には応えようとしないモニカに、クライヴは苦しげに呻いた。

「くそ……っ」

低く毒づき、モニカを強く抱き締める。

「違うんです……そうじゃなかった」

「なにが違うんですか」

モニカは彼の肩越しに天井を見上げ、静かに問い返した。

今の自分は、仕方のないことだったと納得している。

胸の奥で頑固に膝を抱えているのは、過去の自分だ。

夫を信じようと決め、盲目的に全てを捧げたかつてのモニカが「あんなキスは知らない」と拗ねている。

クライヴは切なげに吐息を零した。

「私が、馬鹿だったんです」

深い後悔に満ちた声に、意固地になった心が震える。

「義務だと、思っていました。毎週抱く必要など、どこにもなかったのに、愚かにもそう思い込もうとしていた。あなたに触れずにはいられない自分を、認めるのが怖かった」

クライヴはモニカの首筋に顔を埋め、縋るように腕の力を込めた。

「大変だったか、と問われれば、そうだとしか答えられない。何も知らずに私を受け入れてくれるあなたを前に、我を忘れないようにするのは、とても大変でした」

決して嘘はつかない、という誓約を思い出し、モニカはふ、と頬を緩めた。

懺悔はしても、謝罪はしないのは、彼なりの誠意だろう。

謝られてしまえば、モニカは許さなくてはいけなくなる。

クライヴにはそれが、分かっているのだ。

「もう、しないで」

モニカも自分に正直になることにした。

許すとも許さないとも、今は言えない。だから、本音だけを伝える。

「本当にしたい時しか、もうしないで」

「それなら、もっと前からしたかった」

クライヴは即答した。

「添い寝に甘んじていたのは、あなたに触れていいか分からなかったからです」

「今は、分かるの？」

「ええ。あなたも私を欲しがっている。そうでしょう？」

確信に満ちた返答に、モニカは唖然としたあと、小さく嘆息した。

「……本当にずるいわ」

上目遣いで睨めば、嬉しそうな笑みが返ってくる。

クライヴはモニカの耳に唇を寄せ、かぷ、と耳殻を噛んだ。

緩く噛まれたそこから、びりびりとした快感が伝わってくる。

「え、なに……」

戸惑うモニカの胸を、大きな手がそっと包んだ。

そのまま、やわやわと揉まれる。

慈しむような手の動きとは裏腹に、耳を責める舌と歯の動きは容赦がなかった。

耳朶を熱い口腔に含まれ、しゃぶられ、軟骨の出っぱりを甘噛みされる。

その度、痺れるような甘い感覚が全身に走った。

頭の中が次第にぼうっと霞んでいく。

軽く落とされるリップ音も、彼の興奮した息遣いも、全てがすぐ傍で聞こえる。

ぞくぞくと肌が粟立ち、開きっぱなしの唇の端から唾液が零れた。

やがて耳の穴に、舌が差し込まれる。

ぐるりと穴の縁を辿るように舐められたり、ちゅぽ、ちゅぽ、とわざと水音を立てて抜き差しされたり、といいように嬲られた。

耳への愛撫だけで達してしまいそうで、怖くなる。

「ん…っ、や、…もぅ、だ、めっ」

クライヴのシャツを握り締める手は、小刻みに震えている。

「だめ？　こんなに気持ちよさそうなのに？」

彼はそっと唇を離すと、笑みを含んだ声で言った。

それから、モニカの両脚の間に腰をぐい、と押しつける。

ネグリジェの上からでも分かる明らかな昂ぶりに、頬が熱くなった。

「本当は、すぐにでも挿れたいんです」

強烈な色香の籠った声に、耳を犯される。

「でも、それではもったいないから」

「もったい、ない？」

「ええ。今夜はずっとしたかったことを全部、させて欲しい」

強い渇望が滲んだ眼差しを向けられ、息が止まりそうになる。

心から求められていることがよく分かる彼の表情に、たとえようもない喜びを感じた。

「大好きです。あなたが、好き」

迸る感情のまま、口にする。

クライヴは、幸せそうに目を細めた。

「私もあなたが好きで、好きで、どうしようもない」

実感の籠った低い声に、自然と笑みが浮かぶ。

モニカはクライヴの首に両手を回し、思いきり抱き寄せた。

ぎゅうぎゅうに抱き締めれば、柔らかな笑い声が耳の傍で聞こえる。

二人で笑いながら、抱き締め合って、シーツの上を転がる。

しばらく子犬のようにじゃれ合ったあと、クライヴはモニカの腕を軽く叩いた。

「これはこれで悪くないんですが、そろそろ先に進ませて下さい」

「ふふ。はい、旦那様」

大人しく腕を解いて起き上がれば、性急な手付きでネグリジェを脱がされる。

クライヴはモニカを裸に剥くと、自らのシャツの裾に手をかけた。

捲り上げられたシャツの下から、見事な腹筋が覗く。

鍛え上げられた彼の裸体は、見惚れるほど美しい。逞しい胸筋といい、引き締まった腕といい、腰に向けて細く削がれたラインといい、全てが男性的な魅力に満ちている。

ほう、と感嘆の息を漏らしたモニカに、クライヴは口角を上げた。

「初めて見たかのような反応ですね」

「見る暇さえ与えて下さらなかったのは、どなたかしら」

わざと頬を膨らませて、抗議する。

「我を忘れないようにしていたと言ったでしょう？　あなたに触られるわけにはいかなかったんです」

クライヴはモニカの手を取り、自らの身体に導いた。

今は触ってもいいということだろうか。

割れた腹筋を撫でたり、分厚い胸板に手の平を当てたり、と滑らかな肌の感触を楽しんでみる。

彼は悩ましげに熱い息を吐き、モニカの両手を掴んだ。

次の瞬間、視界が反転する。

気づけばモニカは、クライヴに押し倒されていた。

「ほらね。絶対に我慢できなくなると思っていました」

彼は甘く掠れた声で囁くと、モニカの手を離し、ふるりと揺れた乳房に両手を当てた。

大きな手で膨らみ全体を包まれ、軽く絞られる。

クライヴは、見せつけるように開いた口を、自然と尖る形となった先端に近づけ、ぱくりと咥えた。

硬くなった乳首をちゅくちゅくと吸われ、舌先で左右に弾かれる。

「ひぁ…っ、や、ぁん、っ」

堪えきれない嬌声が辺りに響いた。

唇を噛んで耐えようとすれば、すかさず咎められる。

「だめですよ。我慢しないで、ちゃんと聞かせて」

骨ばった指が口の中に入ってくる。

彼はモニカの舌を人差し指で軽く押しながら、乳房への愛撫を再開した。

くにくにと舌を押される感覚と、乳首を舐めしゃぶられる感覚が重なって、わけが分からなくなる。

自身の唇から絶え間なく漏れる喘ぎ声に慣れた頃、ようやく口から指が抜かれた。

クライヴはモニカの唾液にまみれた指を、美味しそうに舐め上げる。

その濡れた指でぷっくりと腫れた乳首を弄りつつ、片手をモニカの下腹部へ伸ばしていく。

すっかり濡れてしまった下着は、肌にぴったり張りついていた。

薄い布越しに、割れ目をつーっとなぞられる。

「んぅ、…んんっ」

まるで焦らすように、クライヴは濡れた布の上から敏感な箇所を指でカリカリとひっかいた。

あまりのもどかしさに、頭がおかしくなりそうだ。

「ひゃ、あっ、…あっ、やだぁ」

「これはいや？　なら、どうして欲しい？」

嗜虐的な色を含む声で問われ、ぞくぞくとした快感に襲われる。

恥ずかしくてたまらないのに、逆らえない。

「……ちゃんと、さわって……いっぱい、して」

必死の思いで絞り出した言葉に、クライヴは小さく息を呑んだ。

低い舌打ちの音がした直後、荒々しい手付きで下着を脱がされる。

驚いているうちに、両脚を大きく開かれた。

あっという間に熱い何かが、蜜を零し続ける秘部に捻じ込まれる。

それがクライヴの舌だと気づいた時にはもう、遅かった。

彼は背中を丸め、秘所にしゃぶりついている。

あり得ない光景に頭の中が真っ白になった。

「だ、めっ、…ッ、きたな、いから、ぁ」

懸命に身を捩って離れようとしたが、両腿を押さえつけられ、動けない。

指ではなく口で解されるのは、これが初めてだ。

クライヴは舌先で器用に媚肉を割り開き、敏感な芽を見つけてしまう。

くるり、くるり、と根元を舐められたあと、そうっと口に含まれる。

「ひゃ、ぁ、っ……！」

指で弄られる時とはまた違う快感に襲われ、頭の芯がジンと痺れた。

強烈な刺激に、ひくひくと唇が痙攣する。

「汚いところなんて、あなたにはない」

クライヴはうっとりとした声で囁き、再び秘芽を優しく舐め始めた。

彼の硬い指の腹が蜜口をなぞる。

やがて、ぷつりと沈められた指を、モニカの中は難なく呑み込んだ。きゅうきゅうと膣肉が蠢き、クライヴの指を食い締める。

「ああ、たまらないな。何度も入れてるのに、狭いままだ」

「やぁっ、うぅ、…ああっ、あ、っ」

「分かりますか？　ほら、私の指を一生懸命咥えてる」

二本に増やされた指が探るように動き、やがて一箇所で止まる。

腹の上側にあるそこを、クライヴは指を軽く曲げて押し始めた。

緩く搔き出すように刺激された途端、ぶるりと身震いしてしまう。

「ここですよね」

クライヴはぺろりと下唇を舐め、モニカを見上げた。

獰猛な光を宿した瞳に、背筋がぞくぞくする。

「ここを擦られると、あなたはすぐに達してしまうんです。どんな顔でイくのか、ずっと見てみたかった。今夜は見せて下さいね」

「な……っ」

モニカは慌てて両手で顔を覆った。

気持ち良すぎておかしくなっている時の顔など、絶対に見られたくない。

クライヴがふ、と笑む声が聞こえる。

「いいですよ。我慢比べしましょうか」

彼は中から指を抜いて体勢を変え、再び乳房を弄り始めた。

先端をきゅっと摘まれただけで、びくんと腰が跳ねてしまう。

クライヴは乳首を押したり、摘まんだりしたあと、円を描くように指の腹で撫で回した。存分に焦らしたあとは、硬い指の腹でかりかりと引っ搔く。

弄られたのは、胸だけではない。

蜜口から差し込まれた二本の指で、先ほどと同じ部分を刺激される。

更には親指の腹で、尖ったままの秘芽をやわく押し潰された。

胸と秘部、そして中を同時に刺激されたモニカは、あっけなく陥落した。

顔を覆っていた両手は今、必死にシーツを握り締めている。

「ふぁ、ぁ、ッ……ああっ、」

目の前がチカチカする。

やがてモニカの全身をもみくちゃにしていた快楽の波が、一際大きくなった。

脳天が痺れるほどの強烈な快感に、勢いよく突き落とされる。

「ひぅ、ッ……！」

勝手に爪先が丸まり、びくびくと跳ねた。

激しい絶頂の余韻はすぐには引いてくれない。

全身を弛緩させ、息を荒らげるモニカから、クライヴは一旦離れた。

ホッとしたのも束の間、熱い昂ぶりを蜜口に押し当てられる。

「え……？」

「すみません、限界です」

彼は切羽詰まった声で謝るが早いか、ぐ、と腰を押し進めた。

指とは比べ物にならない圧倒的な質量が、膣壁を擦り上げていく。

ぞくぞくとした快感に全身を貫かれ、頭の中が真っ白になる。

「まっ、って、まだ、ああ、ッ」

「待てない。もう、無理です」

クライヴの声が孕む壮絶な色気に、更に煽られる。

はくはくと唇をわななかせている間に、ぱちゅん、と肉がぶつかる音がした。

最奥までみっちりと中を埋める剛直に、胎が切なく収縮する。

「あんな可愛い顔でイっていたなんて……もっとしっかり、見せて下さい」

彼は甘く囁くと、モニカの右脚を持ち上げ、自身の肩に乗せた。

それから一旦大きく腰を引き、先ほど指で虐めた部分を穿ち始める。

「や、もっ、やぁ…ッ！」

先ほどよりも強い快感に襲われ、モニカはすすり泣いた。

理性は興奮でぐちゃぐちゃに塗り潰され、元の機能を失っている。

気持ち良すぎて、自分が自分でなくなってしまいそうだ。

かき混ぜられた愛液がじゅぷ、じゅぷと泡立っては、太腿を伝って零れていく。

「ぎゅ、って、して…っ、おね、がい…」

小刻みに震える両手を伸ばして、懇願する。

「あっ、あ…ッ…！」

クライヴはモニカの右脚を下ろし、すぐに強く抱き締めてくれた。
「く、そ……！　どうして、こんなに……！」
低く毒づく彼の声は途中で千切れ、籠った空気に溶けていく。
残ったのは、肌と肌がぶつかる音だけ。
クライヴに、かつての余裕はなかった。
ただ、モニカに己を刻みつけるかのように、最奥を突き上げてくる。
がむしゃらな抽挿に透けて見える執着に、鼻がツンと痛んだ。
絶え間なく襲ってくる快楽に揺さぶられながら、朦朧とした意識の中、彼を見つめる。
クライヴはきつく眉根を寄せ、歯を食いしばっていた。
快楽に耐える艶めいた表情に、狂おしいほどの独占欲が湧き起こる。
他の誰にも見せたくない、という独占欲だ。
モニカは広い背中に爪を立て、必死にクライヴにしがみついた。
(どこにも行かないで。私の傍にいて……！)
日頃は固く封印している言葉が、ぷかりと浮かび上がり、胸中に広がる。
強い願いに応じるように、膣内がきゅう、と締まった。
「くぅ、ッ」
腰を打ちつける動きが、更に大きくなる。

モニカが強烈な快感の波にさらわれたのと、彼がぶるりと震えたのは同時だった。

とっさに引き抜かれた剛直が、びくびくと跳ねる。

太腿の内側に感じた熱い迸りに、やるせなさが込み上げた。

(やはり、中に出してはくれないのね……)

根は真面目なクライヴのことだ。

父のいない子を作ってはいけないと自戒しているのだろう。

モニカも以前なら、彼の考えに賛成したに違いない。

だが今は、クライヴの子どもが欲しくてたまらなかった。

彼の血を引く子がお腹にいれば、じきに訪れるはずの別れにも何とか耐えられるかもしれない。

そこまで考え、なんて身勝手な、と我に返った。

生まれてくる子どもの幸せを思うなら、己の喪失を埋める為の道具にするべきではない。

(そうよ、分かってる。クライヴが正しいわ)

何度も自分に言い聞かせ、呼吸を整える。

モニカが冷静な自分を取り戻した時にはもう、クライヴは後始末にかかっていた。

水で濡らしたタオルで全身を拭われ、新たな下着とネグリジェを着せられる。

彼の手際の良さに、モニカは目を丸くした。

「私の着替えがどこにあるか、知っていたんですね」

クライヴはふ、と頬を緩めて頷く。

「この家にある物は、全て把握しています。もちろん、寝室のどこに何があるかも」

「さすがですね……と言っていいのかしら」

「素直に褒めて下さい」

冗談めかして答えながら、甲斐甲斐しくこちらの世話を焼く彼に、心がふわりと温まる。

クライヴはシーツまできちんと交換したあと、モニカをベッドに横たえた。

彼も隣に寝そべり「お待たせしました」と微笑む。

執事のような言い方がおかしくて、モニカはくすくす笑った。

「ふふ、なあに、それ」

「眠くてたまらないんでしょう？　顔に書いてありますよ」

確かに、身体はぐったりとしている。

我慢できないほどの眠気はないが、目を閉じたらすぐに寝落ちてしまいそうだ。

「本当は、朝まで睦み合っていたかったのですが――」

クライヴの言葉に、ぎょっとする。

目を見開いたモニカに、彼は愛おしげな視線を注いだ。

「今日は外出もしましたし、最初からあまり無理をさせるのは、可哀想かな、と」

「……最初から？」

「ええ。あなたは言ったでしょう？　したい時はしていい、って」

「あ、あれはそういう意味じゃないわ！」

カアッと耳まで熱くなる。

慌てたモニカを見て、彼はくすくす笑った。

「冗談ですよ。いくら私でも、時と場所は弁えます」

「それなら……って、当たり前です！」

繰り広げられる気安い応酬に、モニカも気づけば笑っていた。

クライヴはぎゅ、とモニカを引き寄せ、ぽん、ぽん、と背中を叩く。

「さあ、もうそろそろ寝て下さい。明日も起こしていいのでしょう？　早いですよ」

「ええ、お願いします。でも、もう少しだけ」

頼もしい腕の中、モニカは逡巡した。

本当は、彼には言わずにいようと思っていた。

そこまで踏み込んでいいものか、分からなかったのだ。

だが、クライヴは心の一番脆い部分にある過去を明かしてくれた。

ひたむきに求めてくれた。

今の彼ならば、モニカの言いたいことをまっすぐ受け止めてくれる気がする。

「――今日墓地で思ったことを、話してもいいですか？」

「もちろん。なんでしょう」

落ち着いた声に勇気づけられ、思いきって口を開く。

「叔父様が、どうして棺の中を見せてくれなかったのか、ようやく分かったんです」

クライヴは小さく頷き、モニカの髪を指で梳いた。

「シェルヴィ子爵は、賢明な判断を下したと思います」

「ええ。ですが、私にはずっと分からなかった。直接お別れを言わせてくれないなんて、と恨めしく思った日もありました。でも、違った。あれは、私の為だった」

モニカが理由を話す前に、彼が続きを引き取る。

「そうでしょうね。一度見てしまえば、忘れられなくなる」

きっぱりとしたその言い方に、やはりそうなのだ、と確信した。

クライヴの心象風景の中にいる家族は、黒く焼け焦げたままだ。

「大勢の人に踏み潰されて、元の面影を失った姿をこの目で見てしまえば、ただ両親の死を悲しむだけでは収まらなかった。……どれほど苦しかっただろう。どれほど痛かっただろう。そんなことばかり考えてしまったと思うんです」

彼は無言でモニカの髪を梳き続けている。

大きなその手に己の手を重ね、心を込めて握り込む。

クライヴもすぐに握り返してくれた。

「思い出さないで、なんて言えない。言えるはずがない。でも——」

握った手を引き寄せ、唇を押し当てる。祈るように、強く。

「でもきっと、楽しかった時のことも覚えていて欲しいはずだから。ご両親がどんなにあなたを大事に思っていたか。ハンナとティムがあなたにどんなに頼っていたか、助けられていたか、きっと忘れて欲しくないと思うから」

クライヴの喉がひくりと震える。

やがて、ぽたり、と小さな音がした。

はらはらと落ちる涙には気づかないふりで、モニカは明るい声を出した。

「私も知りたいし、覚えていたいんです。気が向いたらでいいので、また教えて下さい」

彼は黙ったまま、小さく頷いた。

迷わず頷いてくれたことが、たまらなく嬉しい。

「ごめんなさい、どうしても伝えておきたくて。聞いて下さってありがとう」

彼は無言で首を振り、モニカを抱き締める腕に力を込めた。

その夜、クライヴは朝まで一度も魘されなかった。

五章　最後のパーティー

モニカがクライヴの生い立ちを知ったあの日から、彼はふとした拍子に、家族の思い出話をしてくれるようになった。

母が洗濯の時によく鼻歌を歌っていたこと。

父が大事にしていた上着の綻びを、ハンナが繕おうとして失敗したこと。

髪を適当に切っていた母と妹の為に、初任給で櫛と髪紐を買ってあげたこと。

ティムには休暇で家に戻る度、肩車をせがまれ、近所を一周させられたこと。

クライヴの口から語られる思い出は、どれもささやかで、温かく、幸せなものだった。

「あなたの話も聞きたい」

家族の話をしたあと、彼は決まってモニカにもねだってくる。

その度モニカは「実は私、母が歌っているところを、一度も見たことがないの。かなりの音痴だったのかしら」とか「父は全くお洒落に興味がなくて、放っておくとクローゼットの一番手前にある服ばかり着るような人だったわ」とか、記憶を辿って話していく。

クライヴはモニカの話を、楽しげな表情で聞いてくれた。

「会ってみたかったな」

ある日彼は、ぽつりとそう言った。

それからバツが悪そうに肩を竦め「きっと、思いきり殴られたでしょうね」とつけ加える。

「私の父があなたを殴るの？」

ひょろりとした父の姿が脳裏に浮かび、思わず笑ってしまう。

「殴った反動で、父の方が倒れてしまいそうだわ」

「大切な娘をたぶらかした、どうしようもない男なんですよ？　私があなたの父なら、殴るだけじゃ済まさない」

「ああ、そういう……。ふふ、どうかしら」

言われるままに想像してみようとしたが、線が細く、どこまでも穏やかだった父が激怒する様子など全く浮かんでこない。

「私は？　あなたのご家族に気に入っていただけると思う？」

逆に質問してみると、クライヴはうーん、と顎に手をかけ、考え込んだ。

「どうでしょう。私が子爵家のお嬢様なんて連れてきたら、両親は卒倒しそうです。ハンナは恥ずかしがって、母の背中に張りついたままかもしれない。家族には強気でも、外では引っ込み思案でしたから」

「まあ、そうだったのね。では、ティムは？」

「すぐに懐いて、あれこれせがんできたでしょうね」

「それならきっと、甘やかさずにいられなかったわ」

モニカの感想に、クライヴは大げさに顔を顰めた。

「それは困る。あなたが全力で甘やかすと人はどうなるか、私はもう知っているので」

「……もしかして、アンジェリカ様のことを言ってます？」

ぎくりとしながら問い返す。

「ええ。それと、私ですね」

大真面目な顔で答えた彼に、モニカは思わず噴き出した。

そんな他愛のないやり取りで笑い合う日々を送るうちに、クライヴが悪夢に魘される回数は少しずつ減っていった。

彼が家にいる時間は相変わらず少ないままだが、一度帰ってくれれば、これでもかというほど大切に愛してくれる。

モニカは幸せだった。

このままいつまでも、今の生活が続いて欲しい。

そう毎日夢想せずにはいられないほど、満たされた日々。

だがどんなに強く願おうと、同じ時間に留まり続けることは誰にもできない。

時は容赦なく過ぎていき、気づけば終わりは目前に近づいていた。

◇◇◇

モニカは、久しぶりに訪れたヘイウッド公爵家の立派な正門を見上げ、唇を引き結んだ。

いよいよ、明日がアンジェリカの誕生日だ。

本当なら、明日の夜開かれるパーティーに出席する予定だったのだが、彼女が直前になって『それでは、わたくしを祝う気持ちが足りない』と言い出した為、モニカは今、ここにいる。

『誕生日くらい、昔馴染みを優先してもいいでしょう？　前日からうちに泊まっていきなさいよ。それで、当日の午前中は一緒にチェスをしたり、庭を散歩したりするの。パーティーの夜も、もちろん泊まっていくわよね？　ワインでも飲みながら、思う存分語り合いましょう』

流麗な文字で綴られた手紙を受け取ったモニカは、すぐに了承の返事を出した。

返事が遅れれば遅れるほど、アンジェリカの機嫌が悪くなることは目に見えていたし、そもそも断ることができるとも思えなかった。

昔馴染み、という言葉に胸を衝かれたのも事実だ。

彼女なりにモニカを大切に思ってくれていることは、分かっている。

モニカにとっても、アンジェリカは特別な存在だ。

最も辛かった時期の慰めとなってくれた恩人であり、手のかかる主人であり、今では親しい友人になった彼女の誕生日くらい、どんな我儘にも付き合ってあげたかった。

クライヴの最後の任務が、今回の誕生パーティーでさえなければ、もっと浮き立った気持ちで公爵家を訪れることができただろう。

「――やっと来たわね！　遅いじゃない！」

玄関ホールで執事の出迎えを受けたところで、アンジェリカが駆け寄ってくる。

彼女は細い腰に手を当て、頬を膨らませた。

「一体、何をそんなにもたついていたわけ？」

「ごきげんよう、アンジェリカ様。本日は、お誘いありがとうございました」

丁寧に膝を折って挨拶してから、唇を尖らせる。

「遅れていないでしょう？　メラニー夫人が知らせて下さった時間通りだわ」

「お母様が？　わたくしは聞いていないわよ」

更にむくれたアンジェリカの後方から、メラニーがやってきた。

メラニーはモニカと挨拶を交わしたあと、娘に向かって顔を顰めた。

「まだ膨れているの？　いい加減になさい。朝早くから、よそ様の奥方を呼びつけるような真似は、私が許しませんよ」

「朝早くどころか、お昼も過ぎているじゃない！　それにモニカは、モニカだわ。よそに嫁いでも、うちの子だってお母様もいつも言っているくせに」

頑固に言い張るアンジェリカの隣に並び、腕を絡める。

「ほら、もうそんなに怒らないで。私からのプレゼントは、届いてる？」

彼女は虚を衝かれたように瞬きし、小首を傾げた。

「まだ見ていないわ。わざわざ送ったの？」

「ええ、随分大きな包みになってしまったから、昨日のうちに配達してもらったの。よかったら、一緒に見に行かない？」

明るく誘うと、アンジェリカはパッと瞳を輝かせた。

「それなら、プレゼントを開けるのを手伝って！　今年も沢山来ているみたいだから」

「もちろん。去年もそうしたものね」

「去年だけじゃないわ。あなたがうちに来てから、ずっとよ」

すっかり機嫌を直した彼女に腕を引かれ、歩き始める。

メラニーと執事は、やれやれと言いたげに首を振った。

三階にある空き部屋には、すでに多くのプレゼントが積み上がっていた。

「去年より多いんじゃない？」

目を丸くしたモニカを見て、アンジェリカは軽く肩を竦める。

「どうでもいいわ。それより、あなたのプレゼントはどれ？」

彼女は部屋を見回し、整然と詰まれた箱を手当たり次第、確認しようとし始める。

放っておくと、あっという間に部屋がぐちゃぐちゃになりそうだ。

「待ってて、私が探すから。ええと――……これね。あったわ」

大きな紺色のリボンがかかった包みを発掘し、大人しく待っていたアンジェリカに手渡す。

「お誕生日おめでとう。今年もアンジェリカ様にとって素敵な一年になりますように」

心を込めて伝えれば、彼女はくすぐったそうに笑った。

「ふふ、ありがとう！」

眩いばかりの無邪気な笑みに、モニカもつられて頬を緩める。

アンジェリカは待ちきれないといわんばかりの手付きで包みを解いた。

中から出てきたのは、パッチワークキルトのベッドカバーだ。

半年ほど前からこつこつ準備してきただけあって、出来上がりには自信がある。

彼女の好きな赤色をメインにして暖色系でまとめたカバーは、とても華やかで、保温性にも優れている。

寒がりなアンジェリカの為に、今回はキルトを選んだ。これなら、冬は掛布団の上に重ねて使える。

彼女はキルトの図柄を食い入るように見つめたあと、くしゃりと顔を歪めた。

「……今のカバーが、ちょうど擦り切れてきていたの」

ぐす、とアンジェリカは鼻を鳴らして言った。

涙ぐむほど喜んでもらえたことに、胸が熱くなる。

「まだ使っていることの方が驚きだわ。私があれをプレゼントしたのは、いつのことだと思っているの？」

モニカは照れ隠しに、軽口を叩いた。

モニカの母による手製のベッドカバーを羨んだアンジェリカに、似たものを縫ってプレゼントしたのは、公爵家に来て間もない頃のことだ。

「九年前よ。忘れるはずないでしょう？」

彼女は得意げな顔で答え、濡れた眦を細い指で拭った。

「本当にありがとう。大事にするわ。ねえ、部屋に戻ってもいい？　早くかけてみたいの！」

はしゃぐアンジェリカの心底嬉しそうな表情に、鼻の奥がツンとする。

これだから、憎めないのだ。

どれだけ傍若無人に振る舞おうと、幸せを願わずにいられない。

彼女も、明日で二十一歳になる。

そろそろ婚約の話も出てくるのではないだろうか。

取り巻きは大勢いるが、特定の相手ができたという話は聞いたことがなかった。

「明日のパーティーにも、沢山の殿方がいらっしゃるのでしょうね。好きになれそうな人は見つかった？」

キルトカバーを胸に抱えたアンジェリカの隣を歩きながら、さりげなく尋ねてみる。

「いないわね」

彼女はきっぱり答え、片眉を持ち上げてみせる。

「あなたも知ってるでしょう？　わたくしは誰より、自分が可愛いの。自分だけが好きなのよ。お母様やモニカのように他人を愛することはないわ」

「それは知っているけれど……」

アンジェリカの言葉は、本当だ。

少女時代から、彼女は常にそう言い続けている。

「モニカと出会うまで、わたくしが抱くことができるのは、家族愛だけなのだと思ってた。わたくしは自己愛の塊で、他人のことは喋る置物程度にしか思えない人間なのだと。でも、そうじゃなかった。あなたに友情を感じることができて、どんなに嬉しかったか」

「アンジェリカ様……」

彼女がモニカに抱いているのは、子分に対する庇護欲と独占欲のようなものだと思っていただけに、唖然としてしまう。

「なによ、その顔」

「いえ、友情……そうだったのね」

「解せない、みたいな顔はやめて。あなたは侍女のつもりだったみたいだけど、わたくしはずっと友人だと思っていたわ」

「あれで？　あとで、友情の定義を調べ直さなくちゃ」

「ちょっと！」

本音をそのまま口に出すと、アンジェリカが頬を膨らませて肩をぶつけてくる。

モニカも負けじと、肩をぶつけ返した。

それから二人顔を見合わせ、一斉に噴き出す。

くすくす笑っているうちに、アンジェリカの部屋に到着した。

寝室に行き新しいベッドカバーに交換してから、居室のソファーに収まる。

カバーを交換したのは、もちろんモニカだし、お茶の手配をして彼女のカップに注いだのも、モニカだ。

アンジェリカはそれが当然だといわんばかりの態度で、ああしろ、こうしろと口だけ出した。彼女の友情の定義はおそらく間違っている。

「――さっきの話に戻るけれど、結婚は早めにするつもりよ。嫁き遅れ、なんて陰口を叩かれるのは、プライドが許さないもの。今年中には誰かと婚約しておきたいわね。とりあえず、明日のパーティーに来る殿方を、あなたも一緒に品定めしてちょうだい」

紅茶を飲んで一息ついたあと、アンジェリカはそう切り出した。

モニカはもう少しで、口に入れたばかりのクッキーを噴き出すところだった。

「そんな、無理よ」

ふるふると首を振り、辞退の意を表明する。

人を見る目には、まるで自信がない。

彼ならば、と信じて結婚に踏み切った結果、ころっと騙されたのだから、負の実績もある。

「私には荷が重いわ。どんな方が相手ならアンジェリカ様が幸せになれるのか、さっぱり分からないんですもの」

「わたくしにだって重いわよ！　失敗したら家族にも迷惑をかけることになるのよ？　仮面夫婦でいいから、穏便に一生を共にできる方を選びたいの！」

アンジェリカはカッと目を見開き、力説した。

あまりの迫力に、な、なるほど、という気持ちになる。

「分かったわ、頑張ってみる。でも、私の意見はあくまで参考程度にしてね」

渋々承諾したモニカを見て、アンジェリカは表情を和らげた。

「ええ、それはもちろん。あなたの意見を鵜呑みにするなんて馬鹿な真似はしないわ」

「……止めようかしら」

ぼやいてみたが、彼女は聞こえないふりで話を続ける。

「そうね。理想は、わたくしを男にしたような方よ。見た目が綺麗で、妻を己の損得で選ぶような方なら、きっと上手くいくと思うの。遊んでいるように見えて、実は本命には一途で誠実な方や、夫婦の在り方に夢を抱いているような方は、絶対に避けなくちゃ」

なんとも彼女らしい条件に、モニカはつい笑ってしまった。

他人を置物程度にしか思えない、と言うが、アンジェリカは本当に超えてはいけないラインは弁えている。

自分を本気で好きになった男性は、決して寄せつけようとしない。

自分とは異なる価値観を持つ相手との間には、明確な線を引く。

それがアンジェリカだ。

「あなたのそういうところ、私はすごく誠実だと思うわ」

素直に感想を述べると、彼女は嫌そうに顔を顰めた。

「まさか！　面倒ごとに巻き込まれたくないだけよ」

「人を傷つけることに快楽を見出す人だっているでしょう？　でもあなたは違う。秀でた容姿を、そういう風には使わない」

モニカの指摘に、アンジェリカはふん、とそっぽを向いた。

艶やかな髪の隙間から覗く耳は、ほんのり赤くなっている。

「わ、わたくしの話はもういいわ。あなたは、どうなの？」

「え？　どう、とは……？」

小首を傾げて問い返す。

「クライヴ様のことよ。来週から、議会が開かれるでしょう？　ウォーレン殿下が動くなら、そのタイミングじゃないかと思うの」

アンジェリカは眉を曇らせ、小声で話した。

以前のモニカなら、彼女の言葉にただ不安になっただろう。

でも、今は違う。

夫の復讐の相手を、モニカはすでに知っている。

『ラースネルの悲劇』を招き、彼の家族を奪ったエドマンド王その人だ。

おそらく、クライヴに一連の指示を出しているのは、ウォーレン王太子だろう。

つまり、クーデターを起こす側に、夫は属している。

国王を守ろうとして殉死する可能性はないはずだ。

「そう、かもしれないわね」

なんとも歯切れの悪い返事になってしまうのは、どうしようもない。

クライヴは、明日の誕生パーティーでヘイウッド公爵と話をすると言っていた。

議会の開催に合わせて王子が動くというアンジェリカの予想は、きっと当たっている。

だが、それをそのまま彼女に伝えることはできない。

クライヴには、モニカに何一つ真実を告げず離れるという選択肢があった。

彼がそうせずに、己の生い立ちを明かし、任務の目的をほのめかしたのは、モニカを信じたから。

モニカならば、誰にも漏らさず夫婦の秘密にしてくれると、クライヴは信じたのだ。その信頼を裏切るわけにはいかない。

アンジェリカは、黙り込んだモニカの手を取り、真剣な顔で口を開く。

「もう彼と別れて戻ってこいとは言わないわ。でも、このまま静観していいのか分からなくて怖いの。あなたから、それとなくクライヴ様に警告することはできない？」

「王太子殿下がクーデターを企んでいるって？」

「ええ。私は一応、父にそういう噂があると伝えたわ」

モニカは瞳を伏せ、緩く首を振った。

公爵とクライヴでは、置かれている状況が違いすぎる。

「できないわ。確証のある話ではないし、それに――」

逡巡したあと、ゆっくり続ける。

「あの法律には、私も反対だもの。陛下は玉座を降りて、休養なさった方がいいと思う」

「……本気で言っているの？」

信じられないといわんばかりにアンジェリカが目を見開く。

「わたくしだって、そういう意味ではモニカと同意見よ。でも、それだとクライヴ様は陛下と命運を共にすることになる。ウォーレン殿下は平和主義者らしいけれど、陛下が最後まで抗う姿勢を見せれば、武力行使に踏み切る可能性がないとはいえないわ」

彼女はモニカの袖を掴み、揺さぶった。

「クライヴ様を愛しているのでしょう？　彼に万が一のことがあっても、平気なの？」

アンジェリカの問いに、モニカはきつく唇を引き結んだ。

平気でいられるわけがない。

クライヴへの想いは、愛している、という言葉では足りないくらいだ。

彼を視界に映すだけで、名前をつけられない感情が溢れ、胸をいっぱいに満たす。

復讐という名の杖に縋りつくことでしか、立ち上がることができなかった過去の彼を思うだけで、喉の奥が痛くなる。

家族の為に身を立てようと必死で生きていた十代の彼も、復讐の為に手段を選ばず冷酷な行動を取り続けた二十代の彼も。

現在のクライヴを形作る全てが、こんなにも愛おしい。

この気持ちを何と呼ぶのか、モニカには分からない。

分かるのは、彼を失ったあと、どう生きればいいのか、己の歩むべき道すら見えないほど心を奪われているということ。

　モニカは懸命に口角を引き上げ、平静を装った。

「私には、どうすることもできないわ」

　冷静に話したつもりだったが、出てきた声はひどく震えていた。

「クーデターが起こると先に知っていようが、知っていまいが、夫の取る行動は変わらない。彼の決定は、誰にも覆せない」

　そうだ、何をどう言おうと、クライヴの意思は変わらない。

　エドマンド王を玉座から引きずり下ろしたあとの行動についても、モニカは教えてもらえていない。一度思いきって尋ねたことはあるのだが、クライヴは苦しげに瞳を伏せ『言えない』と答えた。

　レンフィールド伯爵との養子縁組を解消し、もとの平民に戻る予定なのかもしれないし、まるで違う道を行くのかもしれない。

　どちらにしろ、モニカを置いていく、とクライヴは断言している。

　彼にとってモニカは、気紛れで降り立った止まり木のようなものだ。

　ほんのひととき心を休め、過去の悲劇がなければ得られたかもしれない幸せな夢を享受する、期間限定の止まり木。

　時がくれば、クライヴは本来の目的を果たすべく飛び立っていく。

そしてそのあとは、二度と戻ってこない。

アンジェリカは痛ましげに眉根を寄せ、モニカを見つめた。

「それでも、彼がいいの？　あなたを切り捨てていくような男でも？」

「私があなたでも、同じことを尋ねると思う。……せっかくの忠告を聞けなくて、本当にごめんなさい」

モニカが一人になれば、きっとヘイウッド公爵やメラニー、そしてアンジェリカをひどく心配させてしまう。

申し訳ないと心から思ってはいるが、クライヴの目的を知らせることはできないし、彼を置いてあの家を出ることもできない。

モニカの決意もまた、誰にも覆せないものだった。

◆◆◆

馬車を降りたクライヴは、大きく息を吸うと、ヘイウッド公爵家のタウンハウスに向かって歩き始めた。

懐には、ウォーレンから預かった書状が入っている。

今夜、この書状をヘイウッド公爵に渡して彼の反応を見届ければ、潜入計画は終わりだ。

前庭の一角に停められた多くの豪華な馬車が、視界の端に入る。

名高い貴族子息のほとんどは、今夜ここに集っているのだろう。

玄関扉が大きく開け放たれているせいか、招待客のさざめき声や楽団が奏でるリズミカルな音楽が微かに聞こえている。

賑わっているパーティーの様子が伝わってきて、クライヴは無意識のうちに足を速めていた。

昨日からモニカは、ここにいる。

彼女のいない家に帰るのが嫌で、昨夜は久しぶりに城に詰めた。座って眠ったのも久しぶりだった。以前はすぐに眠れたのに、昨夜はなかなか寝つけず、妻の温もりを恋しがる自分に我ながら辟易した。

「――お待ちしておりました、レンフィールド様。どうぞこちらへ」

如才なく近づいてきた執事に案内され、大広間へ移動する。

予想通り、多くの招待客が集う大広間は、華やかで浮き立った空気に満ちていた。

視線を走らせ、モニカを捜す。

彼女はすぐに見つかった。

たおやかな身体に深みのあるオレンジ色のドレスを纏い、ほっそりとした首にクライヴが贈ったチョーカーを巻いたモニカは、息を呑むほど美しい。

彼女にだけ照明が当たったかのように、眩しく見える。

隣に並ぶアンジェリカの姿は、ぼんやりとしか認識できなかった。

モニカはアンジェリカと共に、数名の青年に取り囲まれていた。

仕立ての良い服に立派な体躯を包んだ正真正銘の貴公子たちが、クライヴの妻に惜しみない賞賛の視線を注いでいる。

カッと頭が煮えるのが分かった。

一秒でも早く、彼女を取り戻さなければ。

クライヴはまっすぐモニカを目指して歩き、躊躇いなく彼女の腕を取った。

「……っ、クライヴ！」

モニカは一瞬身を強張らせたが、自分の腕を掴んだ者が誰か分かった途端、ふわりと微笑んだ。

ヘーゼルブラウンの瞳が喜色に輝く。

「今、着いたのですか？」

「ええ、たった今」

「それで、真っ先に会いに来てくれたの？」

モニカがくすぐったそうに笑う。

柔らかなその笑みに、クライヴの心は平穏を取り戻した。

複雑に結い上げたミルクココア色の髪に、優しく指を滑らせる。

うなじに一筋落ちた、何とも魅惑的な後れ毛を軽く撫で、クライヴも頬を緩めた。

「当然です。今夜もとても綺麗だ」

「ふふ、ありがとう。あなたもすごく素敵だわ」

モニカがうっとりしたような眼差しで、こちらを見上げてくる。

今夜はアンジェリカに敬意を示す為、騎士服ではなくブラックタイを着用して来ていた。

「気に入ってもらえたのなら、めかしこんできた甲斐があった」

冗談めかして答え、モニカの額に口づけようとしたところで「ちょっと！」と鋭い声が飛んできた。

声の方を見遣れば、アンジェリカが腰に手を当て、眦を吊り上げている。

「いつまで二人の世界に浸るつもりなの。そもそも、先にわたくしに挨拶をするのが道理ではなくて？」

「これは失礼。そちらにいらっしゃったのですね。今晩はお招き下さり、ありがとうございました。それと、お誕生日おめでとうございます」

祝辞をつけ加え、これでいいですか、というように片眉を上げる。

アンジェリカは眉間に皺を寄せ、手にした扇を握り締めた。

「このわたくしが目に入らないなんて、一度お医者様にかかることをお勧めするわ」

「ご心配ありがとうございます。生憎、目はとても良い方なんですよ」

にっこり笑って嫌味を受け流す。

アンジェリカの取り巻きが、呆気に取られた顔でこちらを見ているのが分かった。

これ以上、この場に留まる必要はない。

「歓談の邪魔をしてしまったようで、申し訳ない。どうか続けて下さい」

そう言って、モニカの腕を軽く引く。

彼女もきっと一緒に来てくれる。

そう信じて疑わなかったのに、モニカは申し訳なさそうに眉尻を下げ、クライヴの手をそっと外した。

「ごめんなさい、クライヴ。私はアンジェリカ様と一緒にいなきゃいけなくて」

「……は？」

唖然としたクライヴを見て、アンジェリカは満面の笑みを浮かべた。

「モニカには私の付添人を頼んだのよ。モニカが既婚でよかったと初めて思ったわ。クライヴ様は他の方とお喋りでもして待っていらして」

彼女は勝ち誇ったように言うと、モニカを引き連れ、テラスルームへ移動してしまう。

パーティーに出席する未婚の淑女には、既婚の付添人が必要なことは、クライヴも知っている。

だが、アンジェリカの付添人はもっと年配の別の女性だったはずだ。

ぞろぞろとついていく男どもを為す術もなく見送ったクライヴに、声をかけてきたのはメラニーだった。

「ようこそいらっしゃいました！」

朗らかな表情を浮かべた夫人の隣には、ヘイウッド公爵が立っている。

「うちの娘がごめんなさいね、すっかりモニカを独占してしまって。昨日から大はしゃぎで、手がつけられないの」

「いえ。この度は、お招きありがとうございます」

「忙しい中、よく来てくれた。どうかゆっくりしていってくれ」

公爵も柔らかな笑みをたたえている。

彼がこんな顔を見せる相手は、とても少ない。相手が高位貴族だろうが王族だろうが、公爵は常に事務的な態度を崩さないのだ。無表情で取りつく島がない、というのが世間のヘイウッド公爵に対する見方だった。

娘同然に可愛がっているモニカの夫ということで、クライヴのことは身内認定しているのだろう。

「食事は済ませてきたのか？」

「実はまだなんです。警護の引き継ぎを終えてすぐ、こちらへ来たので」

「そうか、モニカも喜んだだろう。食事はあちらで取るといい。君は飲める口だったか？」

「はい。ですが、外ではあまり飲まないようにしています」

クライヴの返事に、メラニーは両手を合わせた。

「まあ！　お嫌いじゃないのなら、ぜひ色々試してみて下さい。今夜は珍しいお酒も沢山用意させましたのよ」

「それは楽しみです。では、少しだけ」

「君さえよければ、泊まっていくといい。それなら、気兼ねなく飲めるだろう？」

公爵の提案に、メラニーも「それがいいわ！」と賛同する。

「モニカと同じ部屋でいいわよね。メイドに言っておかなくちゃ」

夫人はクライヴの返答を聞く前に、ドレスの裾を翻して去っていく。

「まったく……。はしゃいでいるのは、どちらだろうな」

公爵はやれやれといわんばかりに首を振ったが、その眼差しには甘さが滲んでいる。

メラニーが可愛くて仕方ないのだと、傍目にもよく分かった。

結婚して三十年以上過ぎた今も、妻を大切にしている公爵に、深い共感を覚えた。

父も、そういう人だった。

きっと、クライヴもそうだ。

一度愛してしまえば、生涯愛さずにいられない。

たとえモニカとの約束がなかったとしても、公爵を傷つけることはできない、と改めて思った。幸せな家族を壊すことは、クライヴにはできない。

「閣下。あとで、二人きりで話すことはできますか？」

クライヴは声を低め、さりげなく話しかけた。

公爵はぴくりと眉を動かし、怪訝そうにこちらを見遣る。

「……私的な話ではなさそうだな」

「はい。ある御方から、言付けを預かってきました。できれば人払いをして頂けたらと」

公爵はしばらく逡巡し、やがて小さく頷いた。

「分かった、話は聞こう。あとで書斎に来なさい」

ようやくここまで来た。

クライヴは、歪な達成感に襲われた。

頑ななまでに王太子一派を寄せつけなかった公爵に、ようやくウォーレン王子の意思を伝えることができる。

公爵がどちら側につこうが、事は確実に前に進む。

この日の為に、クライヴはモニカに近づいた。

彼女を愛しさえしなければ、もっと単純に喜べただろう。

「では、のちほど」

公爵に挨拶をしたあと、モニカを捜す為、その場を離れる。

彼女は、アンジェリカから少し離れたところで、背の高い男と話していた。

生真面目な顔で相槌を打ったり、何か質問をしたりしている。

クライヴは足を止め、男と話す妻をじっと見つめた。

彼女の姿が視界に入るだけで、深く息を吸うことができる。

彼女が微笑みかけてくれるだけで、この世の喜び全てを手にした気分になる。

モニカに抱くこの感覚を、人は「愛おしい」と呼ぶのだろう。

これからも無事に生きていてくれれば、それでいいと思っていた。

クライヴが残す傷は、きっと公爵家の人々が癒してくれる。

その気持ち自体は、変わっていない。

だが、クライヴが消えたあと、他の男が彼女に愛を囁き、柔らかな身体を抱くかもしれないと思うと、憎悪にも似た強烈な嫌悪感を覚えた。

何とも身勝手な感情だ。彼女を置いていくのは、自分だというのに。

頭では馬鹿げた独占欲だと割り切ることができても、心は「絶対に嫌だ」と頑固に言い張る。

ずっと、こうだ。

モニカのことになると、クライヴの理性と感情はたやすく乖離する。

じりじりと焦げる気持ちを抱えながら、近くのテーブルに近づき、目についた料理から腹に収めていく。

美味しくないはずはないのだが、味はあまりしなかった。

時折話しかけてくる者と、当たり障りのない会話をしつつ、パーティーを楽しむふりをした。

視界には常にモニカを入れている。

彼女はアンジェリカの取り巻き全員と話すつもりなのか、姿を確認する度に違う男と話していた。

モニカの佇まいには、清楚な色香が漂っている。

ふと視線を落としたり、軽く微笑んだりする度、つい触れたくなるようなそんな色香だ。夫の贔屓目ではないことは、相手の男の態度から明らかだった。

あともう一度でも、男がモニカの腕に触れたら、我慢は止める。

クライヴがきつく拳を握り締めた時、メラニーが現れ、モニカに何かを耳打ちした。

二人が揃ってこちらを見る。

モニカは頬をほんのりと染め、嬉しそうに笑った。

胸の奥がきつく掴まれ、呼吸が止まりそうになる。

モニカは足早にこちらに近づいてくると、クライヴの腕に優しく触れた。

「お待たせしてしまって、ごめんなさい」

「メラニー夫人は、なんと？」

クライヴの問いに、モニカははにかんだ。

「……あなたが私ばかり見ていて、ちっとも楽しんでいない、って」

思わず片手で目元を覆う。

さりげなく見守っていたつもりだったのに、メラニーにはお見通しだったらしい。

「本当にそうだったんですか？」

「いけませんか？」

つい拗ねたような物言いになってしまう。

ガキか、と己の狭量さに呆れたが、モニカはくすくす笑ってクライヴの顔を覗き込んできた。

「いいえ、とっても嬉しい。もう用事は済んだし、アンジェリカ様にはメラニー様が付き添ってくれるみたいだから、安心して一緒にいられます」

「何の用事があったのですか？」

彼女の頬に手を当て、質問する。

モニカはクライヴの手にすり、と頬を寄せた。

あまりの愛らしさに、目が眩みそうになる。

「アンジェリカ様の婚約者候補の品定めです。昨日、頼まれたの。今年中には婚約したいんですって」

彼女は小声で説明し「あなたには言ってもいいと許しをもらったけれど、他の人には内緒ね」と唇の前に人差し指を立てる。

その細い指を握り締め、今すぐ口づけたい衝動にかられながら、だから色んな男と話していたのか、と納得した。

「良さそうな相手はいましたか？」

クライヴも彼女を真似て、声をひそめる。

「条件が難しすぎて、少しお話ししただけでは分かりませんでした」

モニカは困ったように言うと、アンジェリカの出した条件についても教えてくれた。

何とも彼女らしい条件に、思わず噴き出してしまう。

肩を震わせて笑いながらも、心は痛かった。

アンジェリカは誠実だ。少なくとも、クライヴよりはよほど。

パーティーが終わったあと、クライヴはモニカと共に客室に向かった。

クライヴも泊まることになった、と知ったアンジェリカは大いにむくれたが、公爵が「我儘もその辺にしなさい」と一喝すると、涙目でこちらを睨みつけたあと、自室へ引き上げていった。

気の強い我儘娘も、父親の本気の怒りには弱いらしい。

クライヴは客室の扉を閉じるが早いか、すぐに鍵をかけた。

「今夜は本当に楽しかったですね」

無邪気に感想を述べるモニカの手首を捉え、軽く引っ張る。

呆気なく腕の中に収まった妻を抱き締め、甘い香りを胸いっぱいに吸い込んだ。

確かな温もり、トクトクと聞こえる心音、そしてしなやかな身体の感触に、ようやく安心できた。

「……クライヴ？」

モニカが不思議そうな声で名前を呼ぶ。

「どうしたの？　……お城で、何かありましたか？」

彼女の口調が不安げなものに変わったことに気づき、緩く首を振る。

「なにも。ただ、抱き締めたかっただけです」

本音を伝えれば、ふふ、とモニカが笑った。

「そういえば、外泊したのは結婚して初めてでしたね」

彼女は、自分が家を空けたせいでクライヴが寂しがっていると思っているのだろう。

それも正解ではあるが、それだけではない。

「私のものだ、と思いました」

「え……？」

「あなたを見て、だらしなくにやついている男たちを見て、どうしようもなく苛ついた」

複雑に結い上げられた髪は美しいが、心ゆくまで触れないのが難点だ。

クライヴは、モニカの髪を留めているピンを一つずつ外しながら、思いの丈をぶちまけた。

「苛つく資格などないのに、抑えられなかった。メラニー夫人があなたを私に返してくれなかったら、アンジェリカ様並みの癇癪を起こした自信があります」

ようやく髪が解ける。

手の中のピンを上着のポケットに突っ込み、クライヴは波打ったココアブラウンの髪に指を差し込んだ。

柔らかく心地のよい手触りに目を細める。

されるがままになっていたモニカが、ぎゅ、と上着の裾を掴んだ。

「資格なら、あるでしょう？」

思わぬ言葉に、不意を突かれる。

彼女を見下ろせば、強い意思を宿した瞳がこちらを見上げていた。

「クライヴは私の夫ですもの。嫉妬する資格はあるわ」

まっすぐなその眼差しに、喉奥が熱くなる。

「……私は、あなたを置いていくのに？」

まるで自分に言い聞かせるように、口にする。

そうだ。置いていかねばならない。

エドマンド王をこの手で殺し、身代わりの死体を用意し、国を出て、行方をくらます。

クライヴの計画は、遂行されなければならない。

心の底から憎い相手にへりくだった笑みを向け、骨身を砕いて仕えてきた長い年月を、無駄にはできない。

「私だけがあなたの妻だと、そう言って下さったでしょう? あれは嘘なの?」

モニカが静かに問い返してくる。

クライヴは激しく首を振った。

どこで何をして生きていようと、それだけは変わらない。

クライヴの妻は、生涯モニカだけだ。

「なら、いいの。私の夫も、あなただけです」

すべらかな頬をクライヴの胸元に寄せ、彼女は掠れた声で続ける。

「たとえ二度と会えなくても、私たちはずっと夫婦だわ」

強がりだと、すぐに分かった。

上着の裾を掴む手は、小刻みに震えている。

引き留めないのは、クライヴの意思を尊重したいと思っているから。

縋りたい気持ちも、どうしようもないと諦める気持ちも、どちらも彼女の本心なのだろう。

狂おしいほどの愛おしさが込み上げ、胸の内側で暴れ回る。

言葉で伝える術はもうなくて、クライヴは彼女の顎を掴み、深く口づけた。

角度を変えながら、何度も唇を食む。

足りない。これでは、まるで足りない。

唇の隙間から舌をねじ込み、びくりと跳ねた熱い舌を絡め取る。

モニカの手の震えは、いつの間にか止まっていた。

「つん、ぅ、っ」

懸命に息をしながら、キスに応える妻が可愛くて仕方ない。

どれだけでも続けていられそうな口づけに、頭の芯がジンと痺れた。

絡め合い、貪り合う舌から伝わる刺激に腰が疼く。

あっという間に窮屈になったズボンのベルトに手をかけ、前を寛げた。

下着越しに勃起した自身をぐい、と下腹部に押しつけてやる。

モニカはびくりと身体を震わせたが、逃げようとはしなかった。

まろい胸に手をやれば、ドレスの生地越しにもそれと分かるほど、先端がピンと尖っている。

彼女も感じている、という事実に、どうしようもなく興奮した。

唇を塞いだまま、片手で乳房を包み、親指の腹で乳首を捏ねる。

弾力のある尖りを押し潰せば、合わせた唇から甘い悲鳴が漏れた。

直接触れたい気持ちを堪え、もう片方の手でドレスをたくし上げる。

下着にしのばせた指は、すぐに濡れた。

いつもならここからゆっくり慣らしていくのだが、今夜はそんな余裕がない。

一秒でも早く繋がりたかった。

彼女の一番奥まで入り込み、思いきり抱き締めたい。

モニカはクライヴの女なのだと、彼女の全ては自分のものなのだと、妻を性的な目で見ていた男たちにも思い知らせてやりたい。

性急に指を動かし、蜜口を探り当てる。

とろとろと蜜を零しながらもまだ開いてはいないそこに指を差し込み、重ねていた唇を解いた。

「今すぐあなたが欲しい」

モニカは驚いたように瞳を瞬かせたが、重ねて請えば、仕方ないといわんばかりに目元を笑ませた。

蕩けた表情が更に艶めいて見えて、たまらなくなる。

素早くジャケットを脱ぎ捨てると、立ち位置を反転させ、モニカを壁に押しつけた。

ドレスを脱がせる手間も惜しく、絹の下着だけ引き下げる。彼女は器用に両脚を動かし、自分で最後まで脱いだ。

たくし上げたオレンジ色のドレスの裾を口に咥え、モニカの左膝の裏に手を差し込む。柔らかな身体を壁にもたれさせ、片脚を持ち上げた。これで、濡れそぼった秘部があらわになったはず。身体を密着させているせいで、薄く開いたであろうそこを視認できないのが残念だ。

彼女は期待に満ちた眼差しで、クライヴを見上げた。

淫靡な熱を帯びたその瞳に見られただけで、射精感が高まる。

このままでは、まずい。

クライヴは先走りをだらだらと零す自身を慌てて下着から取り出し、根元を握った。

角度を合わせ、切っ先を泥濘にあてがう。

膨れ上がった先端をちゅぷり、と舐める柔肉に、目の前が真っ赤に染まるような興奮を覚えた。

一息に突き入れたい気持ちは山々だったが、万が一にも傷つけるようなことがあってはならない。

荒く息を吐きながら、強烈な欲望をコントロールし、少しずつ中に呑み込ませていく。

指で解していないせいか、それとも立ったままの体勢のせいか、彼女の中はいつにもまして狭かった。

「つ、くっ……」

きつすぎる締めつけに思わず眉根が寄る。これではどれだけも保たない。

「力を、抜いて」

モニカも眉根を寄せ、熱い息をふう、ふう、と吐いている。

「つ、んぅ、…ッ、抜いてる、けど、おおきい、から」

無自覚の煽り台詞に、背中がぞくぞくと震えた。

激しく腰を打ちつけたい衝動を懸命に堪え、汗を滴らせながら慎重に埋め込ませていく。ようやく根元まで咥え込ませた時には、安堵の息が漏れた。

同じくホッと表情を緩めたモニカと視線が合う。

口づけたくてドレスの裾を放せば、しゅるり、と衣擦れの音がして、二人が繋がった部分を隠した。

掠めるようなキスを交わしながら、ゆるゆると腰を動かす。

途端、いやらしく蠢く膣肉にきゅう、と締めつけられた。危うく意識を丸ごと持っていかれそうになる。

もう、充分だろう。よく我慢した。

自分を許し、軽く腰を引く。

それから、勢いをつけて一気に奥まで貫いた。

彼女が欲しい。全部欲しい。

猛る想いのまま、がつがつと腰を打ちつける。何度も何度も繰り返し突き上げては、最奥に先端を擦りつける。

ドレスの下から、じゅぶじゅぶ、と混じり合った体液が泡立つ音がする。

モニカは悲鳴じみた嬌声を上げ、クライヴの背に爪を立てた。

着込んだままのウエストコートのせいで、食い込むような痛みを直に感じられない。

それがひどくもどかしかった。

消えない傷を刻んで欲しい。何をしていても、じくじくと痛んで気になる。そんな痛みを、彼女に与えて欲しかった。

「っぁあ!! あ、んっ……ぁっ、」

快楽に喘ぐモニカの表情を網膜に焼きつける。

あと何度こうして抱けるだろう。ふと浮かんだ疑問に、心の奥がギリギリと痛んだ。

やがてモニカが両脚を突っ張らせ、がくがくと痙攣する。

膣肉が艶めかしく蠢き、断続的に締めつけてきた。

このまま中でぶちまけられたら、どれほど気持ちがいいだろうと思いながら、懸命に堪える。このラインだけは越えてはならない。

自分の女を孕ませたい、と荒ぶる本能を必死に宥め、今にも暴発しそうな熱を最奥になすりつける。

ギリギリまで彼女の中に留まっていたくて、懸命に意識を逸らした。

「やぁ、ッ、イってる、の、…イってるか、らぁ、ッ」

与え続けられる快感に苦悶するモニカが、泣きながら訴えてくる。

クライヴは返事の代わりに唇を重ね、ひくつく舌を強く吸い上げた。

立ったまま激しく交わったあと、場所を浴室に移して、再び繋がる。

向かい合って膝に抱き上げた姿勢で貫き、ぷくりと腫れた陰核を指で弄ってやると、モニカは甲高い声で啼きながら、腰を上下に揺らした。あまりの可愛さに、頭がどうにかなりそうだった。

ぐったりと全身の力を抜いたモニカを横抱きにして、浴室を出る。

ベッドに横たえ、無防備な裸体をタオルで軽く拭いたあとは、うつ伏せになった彼女の腰を持ち上げ、背後から犯した。

箍《たが》が外れたようにモニカを求めるクライヴを、彼女は拒まなかった。休ませて、とは懇願されたが、もう止めて、とは言われなかった。

それを免罪符に、好き放題に抱いてしまった自覚はある。

すぎた悦楽についに意識を手放したモニカは今、あどけない顔で眠っている。

安らかな寝顔を見つめたまま身支度を整え、彼女の額に触れるだけのキスを落としてから部屋を出た。

書斎の重厚な扉は、薄く開けられていた。

軽くノックをすれば、すぐに「来たか」という声が返ってきた。

しっかり扉を閉め、部屋の奥へ進む。

窓際に佇んでいたヘイウッド公爵はこちらを振り返ると、軽く片眉を上げた。

「随分遅かったな？」

「お待たせしてしまい、申し訳ありません。妻を寝かしつけるのに手間取りました」

素知らぬ顔で答える。

言外の意味を汲み取ったのか、公爵は顔を顰めたが、それ以上咎めはしなかった。

「まあ、いい。それで、話とは？」

「まずは、こちらを」

上着の内ポケットから書状を取り出し、手渡す。

公爵は執務机の上にあった眼鏡をかけ、広げた書状にゆっくり目を走らせた。

何度か読み返すように視線を走らせたあと、こちらに返してくる。

公爵の眼差しには、隠し切れない驚きが滲んでいた。

国王の懐刀と名高いクライヴが、王太子側の人間だったとは思ってもみなかったのだろう。

クライヴは火の入っていない暖炉に近づき、そこで書状を細かく破った。

更にはマッチを擦って、暖炉に投げ入れる。

ウォーレンの意思が記された紙は、みるみるうちに白い灰になった。

「殿下は、一度会って詳しい話がしたいと仰っております。閣下に会う意思がおありでしたら、私が繋ぎを取ります」

クライヴの申し出に、公爵は深く考え込んだ。

このまま朝がくるのはでないか、と疑い始めた頃、ようやく顔を上げてこちらを見る。

「いいだろう。私も、あの法律にはどうしたものかと思っていた。考え直して頂けるよう何度もお願いしたのだが……。力及ばず、ここまで来てしまった。施行すれば、諸外国からの非難は免れない。追い詰められたラースネル人も、いつ捨て身の行動を取ってくるか分からない」

公爵の口ぶりには、苦渋が滲んでいる。

「陛下には、休養が必要だ。無血であることを確約して頂けるのなら、協力するとお伝えしてくれ」

「確かに承りました」

ウォーレンの目指すところと、公爵の願いは合致している。

クライヴの目的とは違っているが、それを伝える必要はない。

「今期の議会のうちには動く予定だそうです。具体的な段取りは、殿下から直接お聞き下さい。今宵は時間を取って下さって、ありがとうございました」

おやすみなさい、と挨拶をして、踵を返そうとする。

「待て」

公爵の尖った声に、クライヴはやむなく足を止めた。

「君は陛下の近衛になる前から、殿下の密偵だった、ということだな？」

彼はこちらをひたと見据え、問い質してくる。

「そうです」

厳密にいえば、王女付きの騎士になる前から、だ。

「では、モニカを娶ったのも、殿下の命か？」

容赦のないその問いに、奥歯を噛み締める。

そうだ、と答えて、断罪されてしまいたい。

モニカの他にも、利用した人間はいる。

シャーロット王女もその一人だ。見目の良い騎士をコレクションに加え、見せびらかしたいという王女の願いを叶える代わりに、城での立場固めに役立ってもらう。互いに利のあるドライな関係は、ある意味とても楽だった。

ウォーレンとクライヴは、そういう打算的な欲を持つ相手を選んで、利用してきた。裏のない善良な人間には深入りしないのが、共犯者である王子との暗黙の了解だった。

例外はモニカただ一人。

無欲な彼女をここまで巻き込む必要はなかった。

公爵に思いきり殴られ、糾弾されれば、少しはクライヴの気も晴れる。

口を開きかけ、ふと、と気づいた。

ここで認めてしまえば、モニカを哀れな被害者にしてしまうことに。

王の騎士を騙る男に利用された、可哀想な女。——自分が罵倒され、軽蔑されるのは構わない。だが、最愛の人がそんな目で見られることには耐えられなかった。

「モニカを娶ったのは、私の意思です。彼女と結婚できたことは、私の人生において最大の幸運でした」

鋭い視線を真正面から受け止め、決然と言い切る。

彼女を口説いたことも、結婚を申し込んだことも、初めてを奪ったことも、今では何一つ後悔していない。

遅かれ早かれ、友人ではいられなかった。

愛さずにはいられなかった。

クライヴを凝視していた公爵が、ふ、と表情を緩める。

「……あの子は、本当に良い子だろう？　まっすぐで、真面目で、寛容すぎるくらい寛容だ」

子どもを自慢する親さながらの言い方に、小さな棘が混ざる。

クライヴがモニカの寛容さに甘えていることを、おそらく彼は察しているのだろう。

込み上げてくる罪悪感は、ぐっと呑み込んだ。

「完全に同意です。それに、とびきりの美人だ。あれほど綺麗な人を、私は見たことがありません」

懺悔する代わりに、本音をそのまま言葉に変える。

公爵は虚を衝かれたように瞬きしたあと、「君もかなり重症だな」と笑った。

第六章　決着

モニカは刺繍の手を止め、ぼんやり窓の外を眺めた。

夏空の青さが、酷使した目に染みる。まるで絵の具をぶちまけたような空を窓越しに見上げ、一つ息を吐く。

小麦の収穫が終わり、次の種まきが始まるまでのこの期間は、領地のカントリーハウスから出てきた諸侯たちが王城へ集う時期でもある。

城ではおよそ半月にわたって議会が開かれ、王侯貴族たちが様々な議題について話し合う。

議会で決まったことを承認したり、却下したりと、実質的な決定権を持つのが国王だ。

ここフェアフィクスでは、国王が全ての機関の上に君臨している。

エドマンド王の意思が、何にもまして優先されるのだ。

国王の決定を覆したいのなら、エドマンド王に代わって王位に就く必要がある。

そう思ったウォーレン王子が、そろそろ動く頃合いだろうか。

『あなたのお陰で、無事上手くいきました』

クライヴがモニカにそう告げたのは、議会が始まる直前のことだった。

アンジェリカの誕生パーティーの夜、彼が寝室を抜け出したことには気づいていた。

ふと目覚めた時、夫の姿はなかったのに、朝方にはモニカを腕に抱いて眠っていたのだ。

おそらくあの時に、ヘイウッド公爵と話をしたのだろう。

『すでに伝えたかもしれませんが、議会が開かれる期間は城に詰めっぱなしになります。普段より人の出入りが激しくなるので、警護の手が足りなくなるんです』

モニカは夫の説明に小さく頷き、おそるおそる質問した。

『……いつ、行ってしまうのですか？』

泣かずに問えたのは、奇跡だった。

クライヴは懐かしいものを見るかのような目で、モニカを見た。

彼の中ではすでに終わったことなのだと、否応なく突きつけられる。

『私にも分かりません。ですが、突然黙って消えたりはしません。必ず知らせると約束します』

別れを告げる、という言葉を避けた優しい声に、胸がいっぱいになる。

行かないで、と泣いて縋れたらどんなによかっただろう。

なりふり構わず、みっともなく縋りつけたら、どんなにか。

だが実際は、物分かりのよい顔で『お待ちしています』と答えただけだった。

去っていく彼に、面倒な女だったなどと、ほんの爪の先ほども思われたくなかったのだ。

ちっぽけな見栄とプライド、そして恐ろしいほど募らせた恋情のせいでモニカは、夫のいない家に一人残された。

「――奥方様」

気づけば、近くに執事が立っている。

「ごめんなさい。もしかして、何度か声をかけてくれた？」

ちっとも進んでいない刺繍の道具をテーブルに置き、執事に向き直る。

「ノックをしたのですが、集中なさっておられたようですので、勝手ながら入らせて頂きました」

「いいのよ。その為に扉を開けてあるんですもの」

クライヴからの知らせがいつ来てもいいように、モニカは外出することを止めた。

自室の扉も、常に半分開けている。

物思いに耽ってしまい、ノックに気づかないことが増えたからだ。

執事は恭しい手付きで、銀のトレイを差し出した。

トレイの上には、一通の手紙が載っている。

「旦那様からです。たった今届きましたので、すぐにお持ちいたしました」

張り詰めた執事の声に、小さく息を呑む。
モニカが手紙を取ると、執事はすかさずペーパーナイフを差し出した。
全身の気力をかき集め、封を切って便箋を取り出す。
執事は部屋の隅まで下がり、気配を消した。

『愛するモニカへ』
文面の最初の文字を目に入れた瞬間、ぶわりと視界が歪んだ。
（会いたい……会いたい……!!）
これまで抑えつけてきた想いが、嗚咽となって溢れ出す。
モニカはわななく唇を拳できつく押さえ、懸命に目を見開いた。

『決行は、今日らしい。
俺もたった今知ったせいで、君に会いに行くことができない。
走り書きのような手紙が最後になること、許して欲しい。
他にも謝りたいことは沢山ある。
君を騙したこと。企みがバレたあとも、傍に居続けたこと。
君の優しさに甘えるだけ甘えた挙句、何もしてあげられないこと。

君を愛してしまったこと』

眦から零れる大粒の涙が、力強い筆跡の上に落ちていく。

滲むインクを見て、モニカは慌てて上を向いた。

綴られた率直な言葉に、いつもの丁寧な言葉遣いは見られない。

伯爵子息になる前の彼に触れることができた気がして、こんな時だというのにどうしようもなく嬉しい。

モニカはぐい、と袖で涙を拭い、続きに視線を走らせた。

『今後のことだが、俺はあの男と共に離宮に送られ、そこで幽閉される手筈になっている。

その知らせの次に届くのは、クライヴ・レンフィールドが死んだ、という訃報のはずだ。

だが、どうか悲しまないで欲しい。

それは俺の悲願が果たされた証だから。

俺は必ず生き延びる。君を残して死にはしない。

一生会えなくても、ずっと夫婦だ、と君は言ってくれた。

あの言葉だけが、この先の俺の生きる理由だ。

こんな風に本音を伝えることが、君の人生を縛りつける呪いになることは、重々承知している。どれほど身勝手なことを言っているのかも。

本当はもっと恰好つけるつもりだった。

今までありがとう、どうか幸せに、なんて短い手紙を書いて送るつもりだった。

だけど、言いたいことは我慢しないと約束したから、こうして恥を晒すことにする。

全て未練たらしい戯言だと受け流してくれて構わない。

心から愛してるよ、モニカ。

さよならは言わない。

俺たちは、ずっと一緒だ。

クライヴ・ハンクス』

モニカは大きく息を吸って、深く吐き出した。

何度か深呼吸を繰り返し、身を震わせるような激情を鎮める。

クライヴの手紙に言いたいことは山ほどあるが、今は脇に置いておこう。

勢いよく立ち上がったモニカを見て、執事は目を丸くした。

素早く手紙を畳んで、ドレスのポケットにしまうと、小走りで部屋を飛び出す。

「お、奥方様!?」

「馬車、では間に合わないわね。馬を出して、横乗り用の鞍をつけて!」

ドレスの裾を片手にまとめ、階段を駆け下りながら、追ってくる執事に命じる。

「う、馬ですか？　もしや、城へ行くおつもりで!?」

「そうよ！」

「お待ち下さい、どうか落ち着いて！」

「待てないわ、時間がないの！」

このままでは、クライヴはエドマンド王と共に取り押さえられ、離宮に送られてしまう。

そこで彼は、国王を殺すつもりだ。

そしておそらく、自身の死を偽装する。

モニカは、王に殉じて死んだ近衛騎士の未亡人になるだろう。

だから、この家にこのまま住んでいい、とクライヴは言ったのだ。

何不自由ない生活が送れるように手配してある、と言ったのだ。

手紙に綴られた内容がそれで終わっていたなら、モニカは動けなかった。

涙が枯れるまで泣いて、訃報が来る日をただ怯えながら待っただろう。

だが、クライヴは赤裸々な胸の内を明かしてきた。

彼も、モニカと同じ気持ちなのだ。本当は離れたくないと思っている。

あの夜伝えた言葉が、クライヴがこの先生きていく為のたった一つの理由だなんて、到底容認できない。

復讐を果たしたあと、彼が幸せになれないのなら、黙って見ていることは絶対にできない。

「もういいわ、自分でやるから！」

早く行かなければ、手遅れになってしまう。

玄関から飛び出したモニカは、制止しようとする執事を振り切り、厩舎に向かおうとした。

そこへ、思わぬ声が降ってくる。

「モニカ！」

信じられない気持ちで、声の方を振り仰ぐ。

視線の先にいたのは、馬に乗ったアンジェリカだった。

「ちょうどよかった！　城へ行くわよ、さあ、乗って。早く！」

乗馬服姿のアンジェリカが、革の手袋を嵌めた手を差し伸べてくる。

モニカは迷わず、その細い手を握り締めた。

どこにそんな力があるのかと疑わずにいられないほど、引き上げてくる力は強かった。

揺らぐことのないその手を借りて鐙《あぶみ》に足をかけ、アンジェリカの後ろによじ上る。

「しっかり掴まってなさい！　飛ばすわよ！」

彼女は叫ぶが早いか、鐙を蹴って馬を走らせ始めた。

モニカは振り落とされないよう、歯を食い縛って細い腰にしがみつく。

どうしてここにいるのか、とか、なぜここへ来たのか、とか。

尋ねたくてたまらないが、口を開けば舌を噛んでしまいそうだ。

女二人を乗せ、物凄いスピードで駆けていく馬を、道行く人々は呆気に取られた顔で見ている。

そういえば、アンジェリカは馬術も優れているのだった、と思い出した時にはもう、城の前まで来ていた。

「え!? な、なんだ!?」

城の正門前に立っていた兵士が、慌てて馬の前に飛び出してくる。

アンジェリカは馬を一旦止めると、低く舌打ちした。

(お嬢様が、舌打ち……!?)

モニカは盛大に驚いたが、空耳だと思うことにした。そもそも、馬で王城に乗り込もうとしている時点で常軌を逸しているのだ。今更舌打ちくらいで動揺してはいられない。

「わたくしは、ヘイウッド公爵家のアンジェリカよ！ そこを退きなさい！」

アンジェリカの声高な名乗りに、兵士たちが「本当だ、本物のアンジェリカ様だ！」「どうしてここに!?」「なぜ、馬で!?」などと騒ぎ始める。

彼女の鋭い眼光に気圧される兵士たちの前に、隊長らしき壮年の男性が立った。

「公爵家の姫とはいえ、登城手続きなしでここを通すわけには参りません」

きっぱりとした彼の声に、そうだ、そうだ、と兵士たちが同意する。

「そんな悠長なことをしている暇はないわ！　いいから退きなさい！」

アンジェリカは負けじと声を張り上げ、乗馬服の上着のポケットから、一枚の紙を掴み出した。

壮年の男にその紙を投げつけ、鐙を蹴る。

前脚を高く持ち上げ、威嚇するように嘶《いなな》いた馬に、兵士たちは一斉に後退った。

「隊長！　どうしますか!?」

悲鳴じみた声を上げて指示を仰ぐ兵士に、隊長と呼ばれた壮年の男は「下がれ！」と命じた。

「殿下の命令だ、ご令嬢を通せ」

彼がそう言った時にはもう、アンジェリカは兵士たちの脇を駆け抜けていた。

「殿下、ですって？」

舌を噛まないよう苦心しながら尋ねる。

「さっきの紙は、ウォーレン殿下が出した通行許可証よ。父とクライヴ様を助けたければ、今すぐ議事堂に来い、という殿下直筆の手紙がわたくし宛てに来たの」

アンジェリカはまっすぐ前を向いたまま、答えた。

「殿下直筆の!?　それは、どういう――」

「何が起こっているかなんて、わたくしにもさっぱり分からないわよ！　でも、手紙は本物だった。使者の顔は知っていたし、封蝋に押されていた指輪印章だって確認したわ」

とにかく、と彼女は続ける。

「父が危険な目に遭っているのなら、行かなきゃいけない。クライヴ様を助けるのは、あなたの役目でしょう？　だから迎えに来てあげたの。せいぜい感謝なさい！」

居丈高なその言い方に、これほど感激したのは、これが初めてだ。

アンジェリカの腰に回した腕に、ぎゅ、と力を込める。

胸が詰まって、すぐには言葉が出てこない。

彼女はモニカの救世主だ。どんなに感謝してもしきれない。

「ありがとう、アンジェリカ！　あなたは最高の親友よ……！」

感涙を堪えて、大声で叫ぶ。

「ゆ、友人だとは言ったけれど、親友だなんて言ってないわ」

アンジェリカはフン、と鼻を鳴らしたが、弾んだ声に滲む喜色はまるで隠せていなかった。

◆◆◆

「――父上、あなたはやりすぎた。手遅れになる前に、どうかこの辺りで引退して下さい。あとは私が引き継ぎますので、ご心配なく」

ウォーレン王子が毅然と発した声に、エドマンドは唖然と立ち尽くした。

クライヴは込み上げてくるドス黒い歓喜を懸命に抑え、いかにも驚いた、という表情を拵えた。

長年憎んできた男から、全てが取り上げられようとしている。

王座も、家族も、じきに命も。

ここは王城内にある議事堂。

会議場の上座に立った国王が、本日の会議の終わりを宣言した直後の出来事だ。

いつもなら、一礼して後方の出口へ向かう王子が、迷いのない足取りで前に進み出てくる。

ウォーレン王子は、不思議そうに瞳を瞬かせる国王の前に立つと、にこやかな顔で王座を譲るよう勧告した。

王子の発言を機に、一人、また一人と会議に出席していた貴族たちが席を立ち、会議場を出ていく。

「な……っ！」

無言で去っていく臣下たちに、エドマンドの頑固そうな太い眉が、小刻みに引き攣る。

やがて広い議事堂には、エドマンドとクライヴを筆頭にした国王付きの近衛騎士数名、ウォーレン王子とカトリーヌ王妃、そして宰相だけが残った。

クライヴの同僚たちは困惑した様子で、どうしたものかと互いに顔を見合わせている。

「ウォーレン、貴様…ッ！　乱心したか！」

憎しみの籠った眼差しを向けるエドマンドに、王子がふう、と嘆息する。

「乱心したのは、父上ではありませんか。いつまで現実から目を背け続けるおつもりです。時代は確実に変わっている。このままラースネルの民を虐げ続ければ、諸外国に内政介入の口実を与えてしまう。一国相手ならともかく同盟を組まれては、負け戦になるのは目に見えています」

「介入の口実、だと？　ハッ」

国王は唇を歪めて、せせら笑った。

「この私に、諸外国の顔色を窺う腰抜けになれと申すか。その為に下等なラースネル人を、我らフェアフィクス人と等しく扱ってみせなければならないと？　考えただけで虫唾が走るわ！」

エドマンドはわざと身震いしてみせると、憎々しげに吐き捨てた。

「お前とて、まさか本気で『全ての人間は平等だ』などと思っているわけではあるまい？　人の間にも、もちろん優劣は存在する。偽善に満ちた顔で、薄っぺらな正義を振りかざすな！」

（これが、この男の本性か……）

怒りが限界を超えたせいで、妙に冷静な気持ちになる。

クライヴの知る限り、エドマンドがここまであからさまな差別発言をしたのは、これが初めてだ。予想だにしなかった王太子の反乱に動揺して、襤褸が出たのだろう。

エドマンドはこれまで、常に冷静な態度を崩さず、国王然とした顔をしていた。醜い本心を巧妙に隠し、苛烈な純化政策も全て国民の為だ、と嘯いてきた。

彼にとって、貧しさに喘ぐ者もラースネル人と同じく劣った人間だったのだろう。

だから、まとめて焼いた。

エドマンドにあの虐殺に対する後悔はないのだ、と改めて思い知る。

今ここで剣を抜き、醜く動くあの口に突き刺してやりたい。

（……まだだ、まだ早い）

クライヴはぎり、と奥歯を噛み締め、腹の底から突き上げてくる激情と殺意に耐えた。

口汚く王子を非難するエドマンド王に、ウォーレンは小さく肩を竦める。

「もう結構です。己の認知の歪みにすら気づかない愚者の話は、聞くに堪えない」

突き放すような声には、強い侮蔑が交じっていた。

「……ッ、なんだと!?」

国王が激昂するのと同時に、会議場の全ての扉が開け放たれる。

外からなだれ込んできたのは、国王軍を示す獅子のエンブレムを軍服の背に負った兵士たちだった。

「おお、ちょうどいいところへ来た！　そこにいる反逆者を、即刻取り押さえろ！」

エドマンドは勝ち誇った顔でウォーレンを指差し、命じたが、兵士たちは微動だにしない。

「おい！　何をしている、早くしろ!!」

声を荒らげた国王に向かって、王妃がゆっくり口を開く。

「彼らはもう、あなたの兵ではないわ、エドマンド」

その時になってようやく国王は、ウォーレンの隣に王妃がいることに気づいたらしい。

信じられないといわんばかりの表情で、カトリーヌ王妃を見つめる。

「馬鹿な……お前まで私を裏切ったのか？」

「それほど意外なことでしょうか」

王妃は冷ややかな表情をたたえ、小首を傾げた。

「自分以外の人間を常に見下しているような方に、私がいつまでも従順についていくと思っていらっしゃったの？」

「わけの分からぬことを……。お前には、私の子を産ませてやっただろう！」

エドマンド王が唾を飛ばして吐き捨てる。

「国王の妻となり、王太子を産むことのできる女は、この国でただの一人しかいない。私はその名誉を、お前に与えたのだぞ。その恩を仇で返すつもりか！」

聞くに堪えない言葉の羅列に、クライヴは吐きそうになった。

それはウォーレンも同じだったらしく、そっと王妃の肩に手を置く。

「母上。先に戻っていて下さい。これ以上、ここにいなくていい。あとは、私が」

気遣いに満ちた優しい声に、カトリーヌはふ、と身体の力を抜いた。

「……いつか変わってくれるんじゃないかと思ってた。どうにもできないと諦めるのに、こんなに時間がかかってしまったわ」

最後にエドマンドを憐れみの籠った眼差しで一瞥したあと、王妃は去っていく。

「お前は一体、何を言っている！　出来損ないしか産めなかった欠陥品が、偉そうに――」

「黙れ」

ウォーレンの一言で、場の空気が凍りつく。

王子は恐ろしい形相で国王を睨みつけていた。

普段の飄々とした雰囲気はかき消え、激しい憎悪がウォーレンの全身を包んでいる。

ぴんと張り詰めた空気の中、エドマンドは気圧されたように数歩、後退った。

王子がちら、とこちらに視線を流す。

それを合図に、クライヴは動いた。

エドマンドを背に庇うように進み出て、剣を抜く。

近衛騎士の務めを果たそうとするクライヴを見て、同僚たちも慌てて剣を抜いた。

「剣を収めろ。その男はもう、国王ではない」

ウォーレンが険しい声で警告してくる。

会議場に踏み込んできた国王軍の兵士たちの数は多く、エドマンドとクライヴたちはすっかり包囲されていた。兵士たちは大盾を片手に、じりじりと近づいてくる。

「全ての諸侯は私についた。大司教をはじめとする教会も、私を支持している。父の一連の発言を聞いていただろう？　皆がその男を見捨てた理由を察せない君たちではないはずだ」

ウォーレンは真摯な光を宿した瞳でこちらを見つめ、懇願するように言った。

「どうか私に従ってくれ。こんなことで、君たちを失いたくない」

やがて、同僚の一人が剣を下ろした。

床に剣を置き、国王から離れて王太子側へ合流する男に、他の者も次々に続いていく。

最後まで動かなかったのは、クライヴだけだった。

王子の傍らに立った元同僚たちが、切羽詰まった顔でこちらを見てくる。

「クライヴ、お前も来い！」

「忠義を尽くすべき相手を違《たが》えるな！」

非道な主人に殉じる必要はない、と口々に訴えてくる彼らの必死な表情に、こんな時だというのに心がふわりと温まった。

気のいい奴らだった、と過ぎし日を懐かしく思い出す。

クライヴ・レンフィールドとして生きた日々は、決して空虚なものではなかった。

心から愛せる女と出会い、こうして最後を惜しんでくれる仲間と出会うことができたのだから。

「く……ッ！」

エドマンドが歯噛みする音が、背後から聞こえる。

誰より憎い男を、身を挺して庇う——そんな茶番も、あと少しで終わる。

クライヴは剣を握る手に力を込めた。

あとは、相対する国王軍と適当に戦い、最後まで抵抗する振りをしつつも、エドマンドと共に捕縛されればいいだけだ。

打ち合わせ通りに動こうと、軽く息を吸って足を踏み出したその時。

「ぐあああああ…ッ!!」

背後にいた男が、狂ったような咆哮を上げた。

目を血走らせ、唇の端から涎を零しながら、エドマンドは叫び続ける。

その異様な様子に、取り囲む兵士たちの間に動揺が走った。

「ウォーレンッ……！　貴様、誰のお陰でここにいられると思っている！　耳障りな戯言ばかりほざくお前を廃嫡しなかった私に、感謝するどころか刃向かうなど、犬畜生にも劣るわ！」

エドマンドは憎々しげに吐き捨てると、床に置かれた剣を拾い、勢いよく抜き放つ。

彼の視界にはもはや、ウォーレンしか映っていないようだ。

「こんなことなら、もっと早くに殺しておくのだった……ッ！」

喉が破れんばかりの雄叫びを上げ、王子に向かって駆け出したエドマンドのあとを、クライヴは追った。

ウォーレンを守るべく、兵士たちも剣を抜いて前に出る。

がむしゃらに剣を振り回すエドマンドの、でたらめな剣筋を避けながら、兵士たちと戦うのは、至難の業だった。

しかも、相手を深く傷つけることはできない。

構えられた大盾を標的にして斬りかかり、力を込めて跳ね飛ばす。

兵士たちは、元とはいえかつての主人を相手にするのは気が引けるのか、それともウォーレンに決して殺すなと命じられているせいか、狂ったように暴れるエドマンドに対しては防戦一方になっている。

逆にクライヴに対しては、何の遠慮もなかった。

乱戦の中、何とかエドマンドを無力化させることはできないか模索しているうちに、腕や肩を斬りつけられる。

致命的な攻撃は全て躱しているが、浅い傷でも血が流れ続ければ厄介なことになる。

鮮血を滴らせるクライヴを見て、ウォーレンが叫んだ。

「やめろ！　彼も捕らえるだけでいい！」

「しかし、殿下！」

兵士たちの間から、手加減をしていてはこちらがやられる、といわんばかりの声が上がるのと、会議場の後方の扉が大きな音を立てて開いたのは、同時だった。

「お父様!!」

開いた扉から駆け込んできた乗馬服姿の娘と、シンプルなデイドレスを纏った娘に、その場にいた全員が動きを止める。

殺気立った剣戟の最中に突然現れた二人の娘は、あまりにも場違いだった。

クライヴは信じられない気持ちで、食い入るようにドレス姿の娘を見つめた。

「なぜ、お前たちがここに!?」

ヘイウッド公爵が悲鳴交じりの声で叫ぶ。

デイドレス姿の娘は、剣を構えたままのクライヴに気づくと、みるみるうちに顔を歪めた。

「クライヴ…っ!」

(ああ、どうか泣かないで)

最愛の人の今にも泣き出しそうな顔を視認した途端、全身から力が抜ける。

自分がどこにいるのかさえ、分からなくなった。

ドレスの裾を掴んだモニカが、こちらに向かってまっすぐ階段を駆け下りてくる。

唇をわななかせながらも、瞳には強い意志の力を宿した彼女のひたむきな表情に胸を衝かれた。

怯えを滲ませたその一途な眼差しは、あなたを失いたくない、と強く訴えかけている。

(彼女にあんな顔をさせてまで、俺は一体、何をしている?)

抱き留めなければ、とそれだけが心を占める。

剣を下ろして、床に落とすと、カツン、と響いた硬質な音に我に返った兵士たちが、一斉に飛びかかってきた。

「やめて！　彼に触らないで！」

モニカの悲痛な声が、大勢の人越しに聞こえる。

続いて、ヘイウッド公爵の声が聞こえた。

「モニカ！　今は危ないから、離れて！」

数名がかりで床に伏せられたあと、懸命に顔を上げて彼女を捜す。

兵士たちの脚の隙間から、エドマンドがギラリ、と目を光らせるのが見えた。

「お前もか、ヘイウッド……」

地を這うような声に、名を呼ばれた公爵がハッと顔を上げる。

「お前まで、私を愚弄するのか」

小声で呟いた次の瞬間、エドマンドは狙いをウォーレンから公爵へと変えた。

「お父様…っ!!」

「下がっていなさい。陛下は、私がお止めしなければ」

自身を庇おうとするアンジェリカを押し退け、公爵は両手を下ろしたまま、エドマンドに向かい合う。

彼の顔に浮かぶ静かな決意に、クライヴは総毛立った。

『考え直して頂けるよう何度もお願いしたのだが……。力及ばず、ここまで来てしまった』

あの夜、苦渋に満ちた声で紡がれた言葉が、耳奥に蘇る。

公爵はエドマンドの刃を受け入れ、死ぬつもりだ。

宰相として国王の暴走を止められなかった責任を、ここで取るつもりなのだ。

アンジェリカにも彼の覚悟が伝わったのか、彼女は真っ青な顔で立ち竦んでいる。

「ヘイウッド！　馬鹿な真似はやめろ！」

叫ぶウォーレンに、公爵は小さく首を振った。

逃げるどころか、エドマンドを迎えるように歩み寄っていく。

及び腰の兵士たちでは、手負いの獣のように荒れ狂ったエドマンドを止めることはできない。

全てがゆっくりと流れていく世界で、クライヴの脳裏を過ったのは、モニカとの約束だった。

公爵夫妻やアンジェリカに万が一のことがあれば、生きてはいられない。――そう彼女は言った。

クライヴは、何と答えたのだったか。

……そうだ、こう答えた。

『これだけは、約束できます。彼らに危険が及ぶことは、決してない』

思い出した瞬間、クライヴは床を蹴っていた。

それまでぐったりと力を抜き、抵抗らしき動きを見せなかったクライヴの急な動きに、兵士たちは驚き、対応が遅れた。

その一瞬の隙を突き、公爵に向かって全力で駆ける。

あの約束だけは違えるわけにはいかない。絶対に。

同じ世界でモニカが生きていると思えばこそ、復讐を果たす道を選ぶことができた。

彼女がいない世界では、全てが虚しいだけだ。

公爵を押し戻そうとした途端、背中に強い衝撃を感じる。

ぐ、と食い縛った口いっぱいに、生温かな液体が込み上げた。

「……ッ、いやあああああっ‼」

モニカの悲鳴が、やけに遠く聞こえる。

鈍く痺れる背中に感じる熱に、ああ、刺されたのか、と遅れて理解した。

「今だ、捕らえろ！」

「医者を呼べ‼　まだ剣は抜くな！」

矢継ぎ早に指示を飛ばすウォーレンの狼狽えた声に、ふ、と頬が緩む。

長い付き合いになるが、王子がここまで慌てたところは見たことがない。

幾人かの手によって、ゆっくりと床に横たえられる。

頬には、硬い床ではなく、柔らかな弾力を感じた。

「しっかりしろ、クライヴ。急所は外れている。大丈夫だ」

上着を脱いだウォーレンが耳元で囁いてくる。

背中に当てられた布の感触から、あの上等な上着で止血しようとしているのだ、と察する。

大丈夫だ、と言う割に、彼の声は震えていた。

「閣、下は……？」

「無事だ、何ともない。父も捕らえた。君のモニカは、ここにいる」

ほら、ここだ。王子は言うと、柔らかな手をクライヴに握らせてきた。

覚えのある温もりに、小さく息を吐く。

燃えるように熱い胸に、深い安堵が広がった。

「モニ、カ……」

もっときちんと名前を呼びたいのに、咥内にとめどなく溢れてくる液体のせいで、うまく喋れない。

自分の目は、一体どうしたのだろう。

開けているにもかかわらず、視界が白く濁って何も見えない。

「大丈夫。私はここよ」

明るい声は、涙に濡れていた。

懸命に口角を引き上げるモニカの表情が、脳裏に浮かぶ。

彼女はクライヴの手を握り締め、額に張りついた髪を優しく指で梳いた。

どうやら頬に感じる柔らかな感触は、モニカのものらしい。

膝枕をしてもらえたのは、これが初めてだ。

「ずっと傍にいるわ。あなたが嫌がっても、二度と離れたりしない」

嫌がるわけがない。

クライヴは微かに頷き、すっかり強張ってしまった口を何とか動かした。

「まも、った、よ」

約束は守った。そう伝えたかった。

モニカはひゅ、と息を呑み、身体を強張らせた。

ああ、また泣かせてしまう。

何とかしなければ、と思ったのを最後に、クライヴの意識は闇に沈んだ。

最終章　いつまでも手を繋いで

　クライヴが次に目を覚ましたのは、見慣れない部屋の中だった。

　頭を枕につけたまま、ぼんやりと辺りを見回す。

　壁際にずらりと並ぶ薬品棚に、王城の医務室だ、と思い当たった。

　そこでようやく、右手を誰かに握られていることに気づく。

　横目で見遣れば、クライヴが寝かされているベッドに突っ伏すようにして、モニカが座ったまま眠っている。

　右手は、彼女の両手に包まれていた。

（生きている……）

　あの時は必死だったからそこまで頭が回らなかったが、かなりまずい状況だったのではないだろうか。

　そっと胸元に左手を当ててみる。

分厚く巻かれた包帯の感触に、治療が間に合ったのか、と安堵の息を吐いた。

息を吐いただけで、背中に鋭い痛みが走る。どうやらしばらくは安静にしていなければならないようだ。

「……ん……」

モニカがもぞもぞと動き、ゆっくり身を起こす。

ようやく鮮明に見ることができた彼女の顔に、クライヴはたとえようもない喜びを覚えた。

ヘーゼルブラウンの瞳と、視線がかち合う。

モニカは大きく目を見開き、それからはくはく、と唇を動かした。

「おはよう」

いつから声を出していなかったのか、出てきた声はひどく掠れていた。

空咳をしようにも、また先ほどの痛みが襲ってきたら、と思うと躊躇われる。

クライヴは仕方なく、聞き慣れない声のまま話を続けた。

「座って眠るのはよくないと言ったのは、君だろう？」

「医務室のベッドは一人用なんだもの、仕方ないわ」

モニカは微笑みながら答えたが、両目からは大粒の涙が滴り落ちている。

「手を離して。涙を拭ってあげられない」

自力では解けそうにないことに情けなさを覚えながら頼んでみる。

彼女は緩く首を振り、そっと両手を持ち上げた。

「お願い、もう少しこのままでいて」

クライヴの右手に額を押し当て、か細い息を吐く。

「……夢じゃないわよね？」

モニカは小声で問うと、子どものように泣きじゃくり始めた。

時折漏れる嗚咽に、心を深く抉られる。

これほど泣くところをみると、どうやら随分長く眠ってしまっていたようだ。

思うように動けないことが、心底もどかしい。

今すぐ抱き締めて、もう心配はいらないと慰めたいのに、全身は鉛のように重かった。

「そんなに泣かないで。俺は何ともない」

仕方なく、言葉で慰める。

モニカはようやく両手を離し、濡れた頬を拭いながらふふ、と笑った。

「話し方が戻っているわよ、ハンクスさん」

指摘されて初めて気づく。

しまった、と思うより先に、彼女がからかうように口にした元の姓に、胸がいっぱいになった。貴族子息らしくない言葉遣いにも、モニカは嫌な顔をしなかった。

ありのままの自分を受け入れてもらえたような気がして、たまらなく嬉しい。

「ごめん。今の自分がどっちなのか分からなくて」

「どちらも、あなただわ」

彼女は何の躊躇いもない口調で、はっきり答えた。

期待通りの答えに、じわりと視界が滲んでいく。

「あれからどうなったのか、という意味なら、あとで話すわね。先にお医者様を呼んでくるから、少し待っていて」

モニカはクライヴの眦に優しく口づけ、足早に医務室を出て行った。

急に静かになった部屋で、再び胸を押さえる。

不思議なほど、心は凪いでいた。

復讐を果たせなかった事実について、改めて考えてみる。

残念だ、とは確かに思う。だが、それだけだった。

あれほどこだわっていたというのに、まるで憑き物が落ちたようだ。

両親やハンナ、そしてティムは、どう思うだろう。

仇を討てなかったクライヴに腹を立てるだろうか。それとも、仕方ないと言って笑うだろうか。

ハンナは『そもそも頼んでないよ、馬鹿兄貴』くらいは言うかもしれない。

脳裏に浮かぶのは、屈託なく笑う家族の姿だった。

──『でもきっと、楽しかった時のことも覚えていて欲しいはずだから』

労りに満ちたモニカの声も、同時に蘇る。

本当にそうだ。

エドマンドに刺され、最愛の人の顔すら認識できなくなったあの時。

クライヴの心にあったのは、どうか泣かないで欲しい、という願いだけだった。

自分の代わりにエドマンドを殺して欲しいなんて気持ちは、爪の先ほども浮かばなかった。

もしもあのまま死んでいたとして、残されたモニカが復讐に囚われたら、と思うとゾッとする。

生き延びることができて、本当によかった。

愛する人には、ただ幸せに生きて欲しい。

両親と弟妹も、一人残していくクライヴに対し、同じようなことを願わなかっただろうか。

少なくとも、全てを捨てて復讐を果たしたあと、見知らぬ土地で抜け殻のような人生を送るクライヴを見て喜ぶとは思えなかった。

モニカが医者を連れて戻ってくると、医務室は途端に賑やかになった。

駆けつけてきたのは、医者だけではなかったのだ。

ウォーレンとレンフィールドの義両親までやってきて、部屋の密度が急に高まる。

医者は手際よく診察を終えると「二か月はこのまま絶対安静です」と告げた。

「二か月後の状態がよければ、自宅への移動を許可しましょう。その後も、私の指示に従って下さい。激しい運動は、半年は禁止です。いいですね」

「半年も？」

信じられない気持ちで問い返す。

そんなに休んでいたら、身体が鈍ってしまう。

「こうして目覚めたことが、奇跡なんですよ。あのまま死んでもおかしくなかった」

厳しい口ぶりで説明する医者を、まじまじと見上げる。

「ご自身の若さと頑丈さに感謝することです。とにかく、しばらくは絶対に大人しくしていて下さい」

医者はしつこく念押ししたあと、モニカに向かって服薬の説明をして去っていった。

モニカに早速少し身体を起こされ、水と薬を口に入れられる。

その慣れた手付きに、意識がない間も世話をされていたのだと分かる。

軽く上体を起こしただけで、気絶するかと思うほどの痛みに襲われた。

「大丈夫よ。すぐだから、頑張って飲み干して」

モニカが優しく耳元で囁いてくれなかったら、口の中の薬を吐き出していたかもしれない。

必死に飲み込み、再び仰向けになったあとも、しばらく背中が激しく痛んだ。

クライヴが落ち着いたのを見計らって、レンフィールド夫妻がベッド脇に寄ってくる。

「本当によかった……！　お前が刺されたと聞いた時は、肝が冷えたぞ」

義父の顔色は悪かった。目の下には薄らとクマができている。きちんと眠れていないことが分かり、申し訳ない気持ちになった。

義母は泣きじゃくっていて、何かを話せる状態ではない。

そんな義母の肩を、モニカが励ますように抱いている。

正直、ここまで惜しんでもらえるとは思わなかった。

レンフィールド夫妻も、クライヴの素性を知っている。

二人が自分に優しいのは、それがウォーレンの命令だからだと思い込んでいた。

「私を、心配して下さったのですか？」

どうしても確かめずにいられず、口に出して問う。

義父は、質問の意味が分からない、というように困惑の表情を浮かべた。

それまで泣いていた義母が、両目に当てていたハンカチを下ろし、キッとこちらを見下ろしてくる。

真っ赤に充血した目は、パンパンに腫れていた。

今日まで何度も泣いたのだと、ようやく悟る。

「心配したか、ですって？　我が子が死にかけていると聞いて、私たちが心配しないとでも？

そんないい加減な気持ちで養子の話を受けたわけじゃないわ！」

義母の勢いに気圧され、すぐには言葉が出てこない。

「あなたは私の子どもです！　血が繫がっていないからとか、貴族の生まれではないからとか、一度でも言ってごらんなさい。毎日あなたの家に押しかけて、しつこく世話を焼いてやるから。モニカと二人になんて絶対にさせてあげない。私はやると言ったことは、必ずやるわよ？」

義母が激怒したところは初めて見たが、怒ったモニカにそっくりだ。

クライヴは思わず噴き出してしまった。

嬉しくて、幸せすぎて、現実のこととは思えない。

だが、笑った瞬間、全身に走った鋭い痛みに、ああ、本当のことなんだ、と実感した。

「すみません、義母上」

クライヴは心から謝った。

「家に来てもらうのは構いませんが、モニカとの時間は邪魔しないで下さい」

冗談めかしてつけ加えれば、義母がようやく目元を和らげる。

「これからもっと顔を見せに来てくれるのなら、許してあげるわ。モニカはよく遊びに来てくれるのに、あなたは結婚してから一度も家に戻ってこないんですもの」

そもそもレンフィールドの家を、我が家だと思ったことがなかった、だとか。

義両親に会いに行かなかったのは、クライヴが結婚したことで厄介払いができてせいせいしているだろうと思ったから、だとか。

本音を口にすれば、今度は頬を叩かれてしまいそうだ。

どこまでもまっすぐな義母を、これ以上傷つけたくない気持ちももちろんある。

クライヴは大人しく「分かりました」と答えた。

「長居をしてはいけないから」と義父が義母を促し、揃って医務室を出て行く。

名残惜しげに何度もこちらを振り返る二人に、目頭が熱くなった。

「――君が父を殺したあと、自分の死を偽装して姿をくらます予定だった、なんて知ったら、レンフィールド夫人に監禁されるんじゃない？」

残ったウォーレンが、愉快そうに話しかけてくる。

モニカはくすくす笑いながら「ほんとにそうですね」と同意した。

二人の間には、友人同士のような気安さが漂っている。

クーデターがあったあの日まで、二人が直接話したことはなかったはずだ。

自分が寝ている間に親しくなったのだと思うと、理不尽な不快感が湧いてくる。

「あれから、何日経った？」

ウォーレンを軽く睨んで、尋ねる。

「何日？　君は、一か月近く意識がなかったんだよ」

「……は？」

クライヴは愕然とした。

道理で、モニカが号泣するはずだ。

彼女と逆の立場だったら、と軽く想像しかけ、止める。

モニカが誰かに刺されたあと、一か月近く目覚めずにいたら、正気を保てる自信はない。

「父はとっくに北の塔で無期限の休養生活に入っているし、私の戴冠式も終わっている。今の君は、新国王付きの近衛騎士筆頭だ。いずれレンフィールド伯爵位を継いだあとは、国王軍の将軍として民の平和を守ってもらう予定だから、そのつもりで」

一体、何を言われているのか理解できない。

義父の跡を継いでレンフィールド伯爵になることも、国王軍の将軍になることも、クライヴが予定していた惨めな未来とはあまりにも違いすぎて、ぴんとこない。

だがそれより驚いたのは、エドマンドが北の塔へ送られた、というくだりだ。

エドマンドは王都の南にある離宮に送られる予定だった。

北の塔といえば、かろうじて斬首を免れた重罪人を生涯幽閉する為の施設だ。

一冊の本程度の窓しかない石造りの部屋は薄暗く、常にひんやりと湿っていて、囚人の足には鉄枷が嵌められる。

北の塔送りにされた者は、そう長くは生きられない。

陽の光を浴びることも、誰かと話すことも許されない孤独な日々に、先に精神の方が耐えられなくなり、壊れた心に引きずられるように身体も朽ちていくのだ。

クライヴも、エドマンドの視察の件で何度か訪れたことがあるが、進んで足を運びたい場所ではなかった。

「誰も反対しなかったのか？　閣下はなんと？」

「ん？　父のこと？」

ウォーレンは首を傾げてから「それが、誰も」とにっこり笑う。

明るい笑みに透けて見える強烈な憎悪に、クライヴは息を呑んだ。

もしかしたら誰よりエドマンドを憎んでいるのは、彼なのかもしれない。

「父のあの暴れっぷりを目撃した者は多いからね。精神錯乱の疑いあり、ってことで、離宮で休養させるのは無理だという話になったんだ。ヘイウッドも賛成してくれた。君を死なせかけたことで、彼もようやく諦めがついたみたいだよ。今は引き続き宰相として、私の補佐をしてくれている」

ウォーレンを見ていると、クライヴが公爵を庇ったことまで、彼の計算のうちだったのではないかと思えてくる。

「君との約束は、数年後には果たされるだろう。どうかな、それで手を打ってくれない？」

邪気のない顔でこちらを見てくる王子――今は国王になったらしい彼に、クライヴは小さく嘆息した。

本当は盛大な溜息を吐いてやりたかったが、痛みに悶絶するのは避けたかったのだ。

「俺に拒否権はないんだろう？」

「やだな、そんなことないよ」

ウォーレンは大げさに肩を竦めて続ける。

「どうしても自分の手を汚したいなら、北の塔に乗り込んでいけばいい。クライヴ・レンフィールドはかつての主と心中した、と世間には発表してあげる。優秀な側近を失うのは痛いし、モニカとレンフィールド夫人は死ぬほど苦しむだろうけど、仕方ないよね」

いけしゃあしゃあとそんなことを言う男に、クライヴは低く舌打ちした。

モニカは不安げな表情で、こちらを見つめている。

「分かった、それでいい」

というより、他に選択肢はない。

今更エドマンドを手にかけて、もっと前から手を伸ばせば得ることができた幸せな人生を失うのは、まっぴらごめんだ。

モニカはもちろん、もう誰も泣かせたくない。

些細なことで笑ったり、喜んだりする平穏な暮らしを、最愛の妻と、恩人でもある義両親と共に送っていきたい。

「よかった。じゃあ、そういうことで」

彼には、クライヴの答えが分かっていたらしい。特に驚く素振りも見せず、あっさり話を終わらせる。

「君の全快を、君の仲間と待っているよ」

最後にそう告げて、ウォーレンは医務室を出て行った。

あとには、モニカだけが残される。

「長く話して、疲れたでしょう？　もう休んだ方がいいわ」

彼女は穏やかに言うと、再び椅子に座って、クライヴの額に手を当てた。

「熱は……今は大丈夫そうね。上がらないうちに、眠って」

柔らかなその手に、自分の手を重ねる。

腕を持ち上げるのは大変だったが、目覚めた時よりは動くようになっていてホッとした。

「どうやら私は、これからもクライヴ・レンフィールドのようです」

目を閉じて、小さく呟く。

モニカがふふ、と笑う声が聞こえた。

「そうみたいね。貴公子然としたあなたも大好きだけど、クライヴ・ハンクスにも時々は会いたいわ」

思わぬ返事に目を開こうとしたが、モニカがもう片方の手で目元を覆ってしまう。

「だって、陛下の前ではいつもそうなんでしょう？　陛下だけが昔のあなたを知っているのは、なんというか……すごく面白くないんだもの」

拗ねた声が紡ぐ何とも愛らしい悋気《りんき》に、たまらなくなった。

絶対安静の状態でさえなければ、この場で襲っていた。

「今すぐキスしたい」

「え……？」

「俺は動けないから、君からして」

戸惑った様子の妻に、強欲にねだる。

やがて、静かな衣擦れと共にふっくらとした感触が唇に落ちてきた。

クライヴの呼吸を確かめるように繰り返される、触れるだけのキス。

「私も、あなたを心から愛してる」

口づけの合間に、モニカは囁いた。

「私たちは、ずっと一緒よ」

あの日の手紙の返事なのだと、すぐに分かった。

込み上げてくる圧倒的な多幸感に、クライヴは少しだけ泣いた。

後日談

モニカは眩いシャンデリアに照らされた大広間の隅に立ち、ほう、と息を吐いた。

ここは、レンフィールド伯爵家のタウンハウス。

身を挺して宰相を庇ったクライヴ・レンフィールドの全快を祝う、という名目で開かれたパーティーには、大勢の招待客が参加している。

宰相や軍務卿といった大物の貴族が皆揃っていることもあり、警護体制は厳重だが、大広間にはそんな物々しさを感じさせない華やぎが満ちていた。

有名な楽団が奏でる美しい音楽に乗って、着飾った男女が軽快なステップを踏む。

ダンスに参加しない者たちは、上等な酒や凝った料理を楽しみつつ、歓談に興じている。

どうやら、パーティーは成功のようだ。

義母と一緒に準備に奔走した甲斐があった。

達成感を抱きつつ、煌めく社交の一幕を眺めていると、隣に人の気配がした。

「こんなところにいたのですね。疲れてしまいましたか？」

先ほどまでヘイウッド公爵をはじめとする重臣たちに囲まれていたクライヴが、心配そうにこちらを見下ろしている。

「まだ始まったばかりですもの、大丈夫よ。ここだと全体が見渡せるでしょう？　何か不具合はないか見ていただけなの」

モニカの返答に、クライヴは表情を和らげた。

「ここまで大規模なパーティーを主催するのは初めてだと、義母は言っていました。モニカがいなかったら、途中で挫けてしまっただろう、と」

「ふふ。私も主催側に立つのは初めてで勉強になることばかりだったけれど、お義母様のお手伝いができてよかったわ」

クライヴが目覚めてから、半年が経つ。

彼は驚異的な回復力を見せ、四か月で床を完全に離れて日常生活を支障なくこなすようになった。

それからの二か月は、騎士としての体力と剣技を元に戻す鍛錬に励み、先日国王付き近衛騎士の職務に戻ったところだ。

医師の見立てでは一年はかかる予定だったのだから、異例の早さと言える。

半年の間、モニカは常にクライヴの傍にいて、痛みやリハビリの辛さに耐える彼を支えた。

周囲の者は皆、その献身的な姿勢を褒め讃えたが、モニカにとってはただただ『最高の半年』だった。

最愛の人を思う存分独占し、全ての感情を共有させてもらえたのだ。

痛みに耐える顔も、ままならないリハビリに苛立つ顔も、普段のクライヴなら決して見せてはくれなかった。

文字通り、互いの間に遮るものは何もなかった。ほんの僅かな時間すら離れることなく、共にいた。あんな経験は、この先二度とできないだろう。

それに、二度目があっても困る。

「あなたこそ、大丈夫？　無理はしていない？」

近衛騎士の仕事に復帰できたほどなのだから、立ちっぱなしのパーティーくらい何ということもないと分かってはいても、つい癖で尋ねてしまう。

クライヴは顔を顰め、モニカの腰に手を回した。

力強く引き寄せられ、そのまま耳元で囁かれる。

「いつまで俺を病人扱いするつもり？　もう問題ないことは、昨夜証明しただろう。それとも、あれでは足りなかったか？」

甘く危険な声色に、頬が熱くなる。

今日のパーティーに備えて、昨夜は早めにベッドに入ったのだが、そわそわと落ち着かないモニカに焦れたクライヴに何度も抱かれてしまい、就寝がいつもの時間より遅くなったことを思い出す。

寝たきりの生活ですっかり細くなっていた夫の身体に逞しさが戻ったことを、モニカはその身で嫌というほど味わわされた。

「ごめんなさい。もう言いません」

赤くなった頬を押さえながら謝ると、クライヴはモニカの首筋に軽く口づけ、ゆっくり離れていく。

彼は再び貴公子然とした態度に戻って、余裕たっぷりに微笑んだ。

「そうしてくれると助かります。私はいつだって、あなたを守る側でいたいんですから」

「私も、そうだわ」

一方的に守られるのは、もう沢山だ。

クライヴはモニカとの約束を果たす為、ヘイウッド公爵を庇って生死の境を彷徨った。

彼がどれほど自分を愛してくれているか思い知るのと引き換えに、モニカはクライヴを失う恐怖に耐えねばならなくなった。

血の気のない顔で死んだように眠り続ける彼を見守ったあの一か月は、正直思い出したくない。

いつ呼吸が止まってしまうのか。いつ、このまま冷たくなってしまうのか。

最悪の想像が頭から離れず、眠るのが怖かった。

彼が目を開けた時は、歓喜と安堵で涙が止まらなかった。

「確かにあなたほど強くはないけれど、大切な人を守りたい。その気持ちに差はないはずよ」

言い張るモニカを、クライヴは愛おしげに見つめる。

「そうですね。では、お互いに、ということで」

あやすように言われてしまえば、引き下がるしかない。

むっと顔を顰めて甘えを大いに含んだ不満を示せば、彼はモニカの頬に手を当て、瞳を甘くした。

「そんな顔をしても、可愛いだけですよ」

熱の籠った視線に誘われて瞳を伏せようとしたところで、咳払いが聞こえた。

慌ててクライヴから離れ、音がした方に向き直る。

そこにいたのは、腰に手を当てたアンジェリカだった。

「ちょっと目を離すとすぐ二人の世界に入るの、やめてくれないかしら」

心底うんざりした表情を浮かべる彼女に、クライヴが肩を竦める。

「私の妻をすぐに捜して話しかけに来るのも、やめて頂けるとありがたいですね」

「わたくしの親友を捜して、なにが悪いの」

すかさず言い返したアンジェリカと夫の間に、見えない火花が散る。

彼女の馬に乗せてもらったあの日から、アンジェリカは事あるごとにモニカを親友と呼ぶ。よほど嬉しかったのだろう、と微笑ましくてならないのだから、クライヴにも大目に見て欲しい。

「今日のパーティーはどうかしら？　楽しんでくれている？」

クライヴの腕に手をかけ、アンジェリカに尋ねてみる。

三人で話そうという意思表示に、二人は揃って渋い顔をした。

だが、こういう時のモニカは決して引かないと分かっているアンジェリカが、先に気を取り直して答える。

「そうね。なかなか良いんじゃないかしら。音楽も室内の装飾も洒落ているし、招待客の顔ぶれにも配慮が感じられるわ。飲み物と料理のバリエーションもいいわね。あとはモニカがもっと初めましての方とお喋りをして歓待の意を示せば、完璧よ」

パーティー慣れしている社交界の華が言うのなら、間違いない。

褒めてもらえて嬉しい気持ちが、表情にも出てしまう。

「ありがとう、そうしてみる」

にっこり笑ったモニカを見て、アンジェリカも満足そうに微笑んだ。

「助言も頂けたことですし、早速皆さんと親睦を深めに参りましょうか」

クライヴが腕に置かれたモニカの手に触れ、促してくる。

「待って。その前に伝えたいことがあるの」

アンジェリカはそう言うと、扇をきゅ、と握り締めた。

「前言を撤回するわ、クライヴ様。あなただけは認めないと言ったけれど、モニカの夫があなたでよかった」

苦い薬を口にしたような顔だが、確かに彼女はそう言った。

目を丸くしたモニカをよそに、アンジェリカは続ける。

「あの時、わたくしは一歩も動けなかった。お父様の強い覚悟に、圧倒されてしまったの。あなたが父を庇った時は、正直どうしてあなたがそこまでしたのか分からなかった。でも、あとからモニカに聞いて分かったわ」

クライヴは黙ったまま、耳を傾けている。

アンジェリカは唇の端を曲げ、早口で言った。

「あなたが守ったのは、モニカの心だった。悔しいけれど、あなたと一緒にいるモニカは、今まで見たことがないほど幸せそうだわ。わたくしの所見が誤りだったことを、お詫びしなければ。あんな風に貶して、ごめんなさい」

『今まで見たことがないほど』という言葉に胸を衝かれる。

全てを諦めていたモニカが手に入れた、自分だけの幸せ。

それがクライヴなのだと、アンジェリカは気づいている。

プライドの高い彼女のことだ。

己の非を認めるのは、何とも癪だっただろう。

その証拠に「父を助けて下さったことも、ありがとう。言いたいのは、それだけよ」とつけ足したあとは、さっさと踵を返してしまう。

華奢なその背中に、クライヴは声をかけた。

「あなたは間違っていませんでしたよ」

アンジェリカには、クライヴがモニカに近づいた本当の目的を知らせていない。

彼女に話したのは『夫が公爵を庇ったのは、モニカとの約束を守る為』という部分だけだ。

まさか、ここで全てを打ち明け懺悔するつもりなのだろうか。

驚くモニカをちらりと見遣ったクライヴは、大丈夫、といわんばかりの柔らかな笑みを浮かべ、アンジェリカに視線を戻した。

「私はどうしようもない男でした。少しでもマシになったのなら、それはモニカのお陰です」

アンジェリカはこちらを振り返り、苦笑した。

「それなら、わたくしもあなたも、彼女にはお手上げってわけね」

「そうですね。妻にはこの先も、勝てそうにありません」

二人は顔を見合わせ、困ったように嘆息する。

モニカは不思議な気持ちで、彼らを交互に見た。

お手上げとは、どういう意味だろう。

自由奔放なアンジェリカと、一筋縄ではいかないクライヴ。

むしろ彼らには、モニカの方が振り回されっぱなしな気がしてならない。

「どうにも納得いかないわ」

首を捻って呟いたモニカを見て、二人は同時に噴き出した。

書き下ろし番外編　そして続く幸せな日々

無血革命から三年。

モニカは新レンフィールド伯爵夫人として忙しくも充実した毎日を送っている。

クライヴが新国王の近衛騎士筆頭に就いた翌年、レンフィールド伯爵はウォーレン王に隠居を願い出たのだ。

『跡継ぎも立派に育ちましたし、私もそろそろ余生を過ごしたいと思いまして』

実は妻も自分も隠居後は色んな国を旅するのが夢だったのです、と打ち明けた義父の申し出を、ウォーレンは快く受け入れたという。

王子の養育係に任命されたばかりに難しい立ち回りを余儀なくされてきた義父と、子に恵まれなかったが故に辛い思いをしてきた義母。

気苦労の絶えなかった二人の夢が叶う日が来たことは、心から嬉しい。

伯爵夫人として家を切り回していく自信は正直なかったが、いずれは担わなくてはいけない責務だ。気弱に尻込みしていては、義両親が安心して隠居できない。

モニカの覚悟は早々に決まったが、クライヴには迷いがあるようだった。

『……今更過ぎる話だが、貧民街出身の俺が伯爵になるなんて本当に許されていいことなんだろうか』

二人きりになった時、ぽつりと零したクライヴを励ましたのは、去年の今頃の話だ。

『今のあなたは、レンフィールド伯爵子息ですもの。爵位を継げるのはあなたしかいないわ。

それに全ては国王陛下がお決めになったことよ』

モニカの返答に『そうだな』と同意したものの、夫の顔は晴れない。

クライヴも頭では分かっているのだろう。

復讐計画の一環だったとはいえ伯爵家の養子になったのは紛れもない事実で、レンフィールドの次期伯爵になるのは当然の流れだと。

しかし彼がかつて描いた自身の未来は、もっと陰鬱《いんうつ》なものだった。

長年の計画が無に帰したばかりか、まるで予想していなかった未来が突然拓けたのだ。

それが眩く輝かしいものだからこそ、余計に足が竦む気持ちは理解できる。

『それにね』

モニカはわざと声を低め、悪そうな顔を作ってみせた。

『どんなに高貴な方だって、大元を辿れば平民だと思うの。重ねた歴史が彼らに身分を与えてるだけだわ』

この発言には、クライヴも目を丸くした。

『モニカ……君は随分すごいことを言うな』

『でしょう？　不敬罪に処されたくないから、陛下には絶対に内緒にしておいてね』

片目を瞑って嘯《うそぶ》くモニカに、クライヴの表情がふわりと緩む。

『もちろん。妻の秘密は必ず守る』

悪戯めいた顔で請け負うと、彼はモニカを優しく抱き締めた。

『ありがとう、随分気が楽になったよ。君が隣にいてくれれば何があっても大丈夫だと、こうして話す度に実感する。……私も君にとって、そんな存在でありたい』

最後の一言がどこか自信なさげだったのは、過去の行いを思い出していたからだろうか。

あの時モニカは、もちろん自分にとってもそうだ、と断言した。

そしてその気持ちは、今でも変わらない。

モニカのどんな些細な話にも生真面目な顔で耳を傾け、親身に寄り添ってくれるクライヴへの感謝と愛情は日々募るばかりだ。

今も十分すぎるほど幸せなのだが、欲を言っていいならもう一つだけ――。

(クライヴ様の子どもが欲しい)

モニカはそっと平らな腹部の上に手を置き、瞳を伏せた。

過去を清算し、二人で新たな人生を歩むと決めた今も、クライヴはなぜか避妊し続けている。

思い当たる理由はいくつかあった。

単に子どもが欲しくないのかもしれないし、過去のトラウマから家族を増やすのが怖いのかもしれない。

跡継ぎ問題に悩んでいた彼のことだ。伯爵家の未来を慮った可能性もある。

もしもモニカが男児を産めば、その子が次のレンフィールド伯爵になる。たとえ女児であったとしても、婿養子を迎えて家を存続させてはどうかという話は出るだろう。

夫の言葉を借りるなら『平民の子』の血脈が続いていくことになる。

（今代で伯爵家を終わらせた方がいいと思っているのなら、子は持ちたくないわよね……）

モニカが避妊の理由を尋ねれば、クライヴは真摯に答えてくれるはず。

『互いに決して嘘はつかない』――以前交わした約束はまだ生きている。

話したくないことは素直にそう告げていい前提ではあるが、子どもを持つか持たないかは双方にとって重要な問題だ。

『話したくない』で避けることはないだろう。

ふと時計に目を遣れば、そろそろクライヴが帰宅する時間になっている。

モニカは今夜こそ勇気を出して尋ねてみよう、と心に決めた。

「奥方様。旦那様がお戻りになりました」

「今行くわ」

待ち構えていたかのようにすぐに立ち上がったモニカを見て、侍女が微笑ましげに口元を緩める。

恋を知ったばかりの若い娘のようだ、と自分でも恥ずかしいものの、夫に会えるのが嬉しくて気が急いてしまうのだから仕方ない。

ドレスの裾を摘まんで廊下を小走りに進んでいく途中で、同じく早足でやってきたクライヴと出くわす。

彼はモニカに気づいた途端、パッと瞳を輝かせた。

冴え冴えとした端整な美貌が、ふわりと解けて甘やかに蕩ける。

クライヴは一気に距離を詰めると、モニカをぎゅう、と抱き締めた。

「ただいま、奥さん。何も変わったことはない？」

力強い両腕に囲われ、全身をすっぽり包まれる。

少々の息苦しさはあるものの、この深く満たされる感覚には代えられない。

「何もないわ。あなたは？」

「大丈夫だ。心配ない」

まるで数年ぶりに再会したかのようなやり取りだが、これが夫婦の日課だった。

夫婦共に五体満足で、今日も共にいられること。

それがどれほどかけがえのない貴重なものであるか、二人はすでに知っていた。

「汗を流してくるから、少し待っていて。明日は非番だし、今夜は晩酌に付き合ってくれるんだろう？」

「もちろん。今週のお話も楽しみにしてたんだから」

国王の懐刀という立場柄、クライヴが自宅に滞在する時間は以前より短い。

しかも現在は、王都守護軍の将軍職をも兼任している身である。

だが普段忙しない分、休日はたっぷりモニカに時間を費やしてくれるし、平日も伝言を寄越したり隙間時間に顔を見に来たりと細やかに気遣ってくれる為、寂しさはなかった。

名残惜しそうにモニカの髪に触れてから、クライヴは足早に浴室へ向かう。

凛とした広い背中が見えなくなるまで見送り、モニカも踵を返した。


夫婦の寝室で寝酒の準備をしているところへ、クライヴが戻ってきた。

まだ乾ききっていない髪は無防備に下ろされ、精悍な顔に艶めいた影を落としている。

もう数えきれないほど目にしてきた姿だというのに、今夜もモニカはうっとりと見入ってしまった。

普段の軍服姿や特別な日の正装姿は元より、こうして無防備な恰好をしている時のクライヴも非常に魅力的なのだ。

(私にだけ見せてくれる、というのがまた良いのかしら)

自己分析をしつつ小さく笑んだモニカを見て、クライヴが目を細める。

可愛くて仕方ない、といわんばかりのその表情に胸の奥がきゅう、と音を立てた。

就寝前の飲み物をクライヴが用意するのは、彼が病床を離れてからの習慣だ。

『茶を淹れるのは圧倒的に君が上手いからね。酒なら私にも作れる』というのがクライヴの言だった。

モニカは窓際に置かれた小ぶりな丸テーブルにつき、改めて夫を見つめた。

キャビネットの上に手際よくグラスを並べて酒を注ぐ彼の横顔は、すっかり寛いでいる。

クーデターが起こる前は、こんな未来が待っているとは思わなかった。

こうして何ということはない日常の光景を目にする度、モニカは全てに深く感謝したい気持ちになる。

「はい、どうぞ」

「ありがとう」

モニカのグラスには口当たりの甘いりんご酒が、彼のグラスにはジンが注がれている。

クライヴは向かい合わせに置かれた椅子の片方を持ち上げると、モニカの隣に置いた。

肩が触れ合いそうな距離で座り、軽くグラスを掲げ合う。

「それで、今週のアンジェリカ様はどうだった？」

「真っ先に聞いてくると思ったよ」

わざと大げさに肩を竦めたクライヴの瞳は、明るい光を帯びている。

以前とは違い、クライヴは城での話をよくしてくれるようになった。

「だって、気になるんですもの」

「陛下や周りを振り回して困らせていないか、って？」

「もう！」

昔のモニカなら「そうよ」と肯定しただろうが、今のアンジェリカは王妃陛下だ。

かつての我儘令嬢は、持ち前の思い切りの良さと賢さを充分に発揮し、着々と周囲の支持を集め始めている。

様々な重圧の中、全力で奮闘しているアンジェリカをモニカは心から誇りに思っていた。

「冗談……と言いたいところだけど、役人登用の話で内務大臣を卒倒させていたからなぁ」

「もしかして『身分なんてどうでもいい。重要なのは能力でしょ？』とか言ってらした？」

「当たり。さすがはモニカだ」

「ふふ、アンジェリカ様らしいわ」

くすくすと笑い合い、グラスを傾ける。

和やかな雰囲気の中、互いの近況を報告しているうちに夜が更けていく。

いつもはグラスが空になったタイミングで切り上げて寝台へ移動するのだが、今日はモニカは動かなかった。

（あの話をするなら、今よね）

腹にぐっと力を籠め、話を切り出そうとしてふと気づく。

クライヴも空になったグラスを手に、珍しく何かを言い淀んでいる様子なのだ。

「どうかなさったの？」

小首を傾げたモニカを見て、彼は小さく息を吐いた。

それからまっすぐな視線で改めてこちらを見つめてくる。

「頼みがあるんだ」

「頼み、って？」

何の話かさっぱり分からず、モニカは瞳を瞬かせた。

クライヴは困ったように眉根を寄せ、更にはほんのり頬を赤くした。

「その……君との子どもが、欲しいと思って」

「ええっ⁉」

あまりにもモニカにとって都合のいい言葉に驚き、思わず大声を上げてしまう。

クライヴはびく、と身動《みじろ》ぎし、慌てて両手を振った。

「もちろん、望んでもできないこともあるとは分かっているし、どうしても子がいないと駄目だってこともない。君に多大な負担がかかることも分かっているし――」

「違うの！　そうじゃなくて！」

早口で懸命に弁明し始めた彼にむかって、モニカも勢いよく首を振る。

「私も欲しいと思っていたの。でもあなたは必ず、その、外で出してしまわれるから、どうしてなのか分からなくて」

密かに抱えていた悩みを吐露していくうちに気持ちが昂ってしまい、目頭が熱くなる。瞳をうるませたモニカを見て、クライヴは大きく目を見開いた。

即座にがたん、と音を立てて立ち上がり、座ったままのモニカを強く抱き寄せる。

「ごめん……本当に俺は気が回らない馬鹿だ」

低く掠れた声に滲む自責の色に、モニカは再び首を振った。

「そんなことない。私が臆病だった。何でも打ち明ける約束だったのに、欲しくないって言われるのが怖くて尻込みしてしまったわ」

「俺もだよ」

レンフィールド伯爵からクライヴ・ハンクスへと戻った男が、切々と本音を紡ぐ。

「俺はこれまで、君に散々苦労をかけた。君は愚痴ひとつ言わずに頑張ってくれているけど、疲れているんじゃないかと思って……。子を産むのは命がけの仕事だと母さんは言ってた。君に今以上の負担を掛けるのが怖かったんだ」

「そうだったのね」

モニカの予想は、どれも外れていた。

クライヴはただ、モニカの心と身体を深く案じていたのだ。

「だから、頼む。無理はしないでくれ。まずは医師に相談して、大丈夫かどうか確かめよう」

「子どもを産める状態かどうかってこと？　私は健康だわ」

「今はね？　でも妊娠したらどうなるかは分からないだろう」

「それはお医者さまにも分からないと思うけれど」

「そうなのか？　では、どうすれば……」

途方に暮れたような声に、モニカは思わず笑ってしまった。

妊娠したあとに過保護になるのはまだ分かるが、何も起こっていないうちからこれほど心配する人がいるとは思わなかった。

「何もおかしくない。君が死んでしまうかもしれないんだぞ」

真剣な表情で咎めてくるクライヴを、ぎゅ、と力を込めて抱き締める。

「この世界に絶対なんてないけれど、きっと大丈夫よ。私はあなたの子どもが欲しいわ」

「……俺も欲しいよ。家族が、欲しい」

モニカは家族というより俺の片翼だから、と付け加えたクライヴに、胸が痛いほどいっぱいになる。

鼻の奥がツンと痛んだ直後、双眸から涙が滴り落ちた。

彼のシャツに顔を埋《うず》め、頬に伝う嬉し涙を拭う。

モニカが泣いていることに気づいたクライヴも、ぐ、と喉を鳴らした。

おそらく懸命に涙を堪えているのだろう。

モニカの背中に回された腕は、微かに震えている。

二人はしばらくそのまま抱き締め合ったあと、どちらからともなく顔を上げ、唇を重ねた。

互いを労るような優しい口づけから、情熱的に愛撫する前戯のキスへと変わるのに時間はかからなかった。

涙で濡れていたモニカの頬が、みるみるうちに熱く火照っていく。

クライヴは何とか優しく抱こうと努力していたようだが、結局はどうにもならなかった。

モニカは繰り返し絶頂に突き落とされ、喉が嗄れてしまうほど啼かされる羽目になったが、『あなたの好きにして欲しい』という己の言葉が引き金だった自覚はある。

その夜クライヴは何度もモニカを求め、その度、中で果てた。

翌年、モニカの懐妊が判明するが早いかクライヴは近衛騎士筆頭の座と将軍職を国王に返還しようとし、ウォーレンと盛大に揉めることになるのだが、それはまた別の話だ。

ちなみにアンジェリカ王妃は、『妻の傍にずっとついていたいから』というクライヴの申し出に諸手を挙げて賛成した。

モニカが無事に初子を産んだ時は、これで二人がようやく落ち着く、とウォーレン国王は胸を撫で下ろしたという。

ロイヤルキス文庫 more をお買い上げいただきありがとうございます。
先生方へのファンレター、ご感想は
ロイヤルキス文庫編集部へお送りください。

〒102-0073　東京都千代田区九段北3-2-5　5F
株式会社Jパブリッシング　ロイヤルキス文庫編集部
「ナツ先生」係　／　「小路龍流先生」係

✦ロイヤルキス文庫HP✦ http://www.j-publishing.co.jp/tullkiss/

Royal Kiss more

復讐の騎士はいとしい妻にひざまずく

2024年12月30日　初版発行

著　者　ナツ

発行人　藤居幸嗣

発行所　株式会社Jパブリッシング
〒102-0073　東京都千代田区九段北3-2-5　5F
TEL　03-3288-7907
FAX　03-3288-7880

印刷所　中央精版印刷株式会社

ISBN978-4-86669-730-7　Printed in JAPAN